古典詩歌研究彙刊

第九輯

龔鵬程 主編

第 3 冊

五言律詩聲律的形成

楊 文 惠 著

國家圖書館出版品預行編目資料

五言律詩聲律的形成／楊文惠 著 ── 初版 ── 新北市：花木蘭
文化出版社，2011〔民 100〕

目 2+170 面；17×24 公分

（古典詩歌研究彙刊 第九輯；第 3 冊）

ISBN 978-986-254-521-8（精裝）

1. 律詩 2. 詩評

820.91   100001458

ISBN-978-986-254-521-8
9 789862 545218

古典詩歌研究彙刊
第九輯 第三冊   ISBN：978-986-254-521-8

五言律詩聲律的形成

作　　者 楊文惠
主　　編 龔鵬程
總 編 輯 杜潔祥
出　　版 花木蘭文化出版社
發 行 所 花木蘭文化出版社
發 行 人 高小娟
聯絡地址 新北市永和區中正路五九五號七樓之三
　　　　 電話：02-2923-1455／傳真：02-2923-1452
網　　址 http://www.huamulan.tw 信箱 sut81518@ms59.hinet.net
印　　刷 普羅文化出版廣告事業
初　　版 2011 年 3 月
定　　價 第九輯 20 冊（精裝）新台幣 28,000 元

五言律詩聲律的形成

楊文惠　著

作者簡介

楊文惠，清華大學中文系博士，著有《韋應物詩研究》、《五言律詩聲律的形成》。曾任清華大學中文系兼任講師，現任台北市立教育大學中國語文學系專任助理教授，從事中國古典文學研究與教學工作。

提　　要

　　唐代「律詩」調節「聲調」的觀念與方法有其發展的歷史過程，本文研究南齊至初唐的「聲律理論」，並對這個時期的五言詩進行聲調的量化分析，藉以說明律詩「聲律」發展的過程。

　　南齊時先有周顒發現漢語具四聲調之別，進而沈約、謝朓、王融等人在齊永明時大力提倡用「四聲」來協調文、筆聲韻。這一波「永明聲律運動」引發新型態的調聲詩歌「永明體」產生。當時聲律理論的核心問題是「四聲」與「八病」，「調聲」是調節句內或句間的「四聲」對比，調聲法則則以條列式的「聲病論」（歷來慣稱「八病」）為主要的表現形式。梁、陳、隋三代發展出更務實的調聲方法，梁人劉滔提到詩人在創作上有「平聲」與「非平聲」二聲分化的觀念，以及調節五言詩五字中第二、四字的作法，這幫助我們理解後代「律詩」如何在傳統的「聲病論」影響之外，還走上「調平、仄」二聲的「律化」之路。「律化」的三項指標是「單句律化」、「聯內兩句成對」與「聯與聯間成黏」。從梁代到隋代，五言詩「單句律化」與「聯內成對」的趨勢日益加強，「律化」漸漸成為調聲的主流。透過隋詩的聲調分析還發現當時「調聲」不限詩歌內容與體式，這表示詩歌「古」、「近」體之別的觀念很可能是晚至初唐後期「律詩」形式更行完備之後。統計顯示「初唐前期」雖然律詩基本的聲律形式（句式、聯對）已然確立，但是聯與聯如何連綴成章則還沒有定式。本文發現這乃是因為初唐前期詩人創作十分偏好「平起式」「律聯」的緣故。「初唐後期」則是「律詩」的成熟期。聲律理論家元兢的「換頭術」說明詩歌「律化」的最後階段——「黏式」的確立。「換頭術」規範詩歌以「平起律聯」與「仄起律聯」遞換使用，調聲律法進而朝「整首詩」的聲調配置發展，使得「律詩」聲律形式更為嚴整。至於創作上，李嶠很可能是初唐後期最早對「換頭律詩」的創作與推廣有所貢獻的詩人。而「律詩」的形式則很可能是在一群宮廷文人的影響下確立。

謝　誌

　　本書得以出版，首先必須感謝清華大學中文系施逢雨教授多年來的啓發與指導。施老師嚴謹的治學態度、縝密的邏輯思辯，爲求眞而孜孜矻矻的不懈精神，以及務實的態度和方法，在在都影響了我的求學與研究生涯，也形塑了這本書的內在風格。這本書原是我的博士論文，在論文發表之際，台灣大學中文系蔡瑜教授曾給予許多重要的意見，使我在思考這些問題時避免了許多缺漏，另外，台灣大學中文系王國瓔教授、鄭毓瑜教授、清華大中文系蔡英俊教授均就本書內容給予過頗具啓發性的意見，在此特別感謝。

　　這本書得以完成，還要特別感謝友人簡光廷先生。南朝至初唐的聲律研究牽涉到相當龐大的詩歌聲調統計與分析，這些工作如果要靠人工進行，將會耗費難以想像的人力與時間。要克服這個問題最好的方法，就是依靠電腦去運算，而本書中所有關於聲調判讀與統計的程式完全是仰仗光廷幫忙撰寫的。他爲我設計了一套簡易方便的系統，而且作了無數次的修改與校訂，如果沒有他的慷慨協助，本書的許多研究成果是無法取得的。

　　花木蘭出版社的總編輯杜潔祥先生、發行人高小娟小姐在本書出版過程中均給予大力的支持與協助，在本書出版之際，必須特別表達我的感謝之意。

一○○年二月九日　楊文惠　於台北

目

次

序

施逢雨

　　楊文惠教授這本書研究的是五言律詩聲律的形成過程。五言律詩的聲律以仄起式為代表是：

仄仄平平仄
平平仄仄平
平平平仄仄
仄仄仄平平
仄仄平平仄
平平仄仄平
平平平仄仄
仄仄仄平平

　　其中各句第一、三字平仄可有彈性。這個格式的要素有：（一）各字要講究聲調的平仄；（二）各句的二、四字要平仄相對；（三）各聯內奇數句二、四字要與偶數句二、四自平仄相對，這稱為「對」；和（四）相鄰兩聯中，前聯偶數句要與後聯奇數句二、四字平仄相同，這稱為「黏」。這些要素是從齊、梁至初唐兩百年間逐漸發展出來的。
　　首先我們來看平仄的講究。南齊永明時期，沈約首先提出在詩中講究聲調的構想。入梁以後，他進一步指出聲調有平、上、去、入四種，調聲就是要調平、上、去、入。稍後，聲律理論家劉滔依四聲的

語音特性，把四聲歸爲平、仄二元，開啓了五言詩中調平仄的先聲。實際創作上，調平、仄（而非平、上、去、入四聲）的作法成爲主流。

與沈約四聲論大約同時出現的有所謂的「八病」，實際上就是八種調聲規則。其中影響最大的是講究一句中二、五字不同聲的「蜂腰」。由於蜂腰並非眞正理想的調聲辦法，漸漸的便被劉滔所提出的講究二、四字不同聲的辦法所取代。這也是五律格律形成過程中的一大進展。

「對」是順理成章的調聲術，所以在五律形成過程中似乎也是自然產生的。「黏」則也是理論家和詩人發揮巧思的成果。要達到「黏」的要求，必須交替使用「仄起」（仄仄平平仄，平平仄仄平）和「平起」（平平平仄仄，仄仄仄平平）兩種「律聯」。到了初唐後期，聲律家元兢的「換頭術」理論和詩人李嶠、杜審言等的實踐也使這種複雜的調聲方法趨於成熟。

楊教授循序探討了上述各種五律聲律要素的形成過程，除了理論上的剖析之外，還附了廣泛而嚴密的統計資料。無疑地，這是研究五律聲律發展的最周全的一本書。

一百年元月三十日 施逢雨 序於新竹

緒　論

　　律詩是唐代文學的重要標誌，一般說來，律詩的「格律」包含
「字數」、「句數」、「對仗」、「押韻」、「聲律」等規範，其中最爲複
雜的乃是字詞「調聲」的「聲律」問題。關於律詩的聲律，王力在
一九六〇年代曾做出一些成果，他將律詩的對、黏法則、律詩的格
式、每個音節的變化、其間的正例與變例、以及不合律時採用的「拗
救」都提出說明，建構出一套相當複雜的體系。〔註1〕其中「拗救」
的部分建構得尤其細緻，除分甲、乙、丙三種「拗」外，甲種拗還
細分「本句自救」、「對句相救」、「本句自救而對句又相救」三類，「對
句相救」更細分爲子類（頂節上字相救）、丑類（頭節上字相救），
此外還有其他特殊形式的「拗」與「救」。〔註2〕這樣的系統似乎很
完整，但過度演繹的結果卻往往令人感到過於繁複而難以駕馭。這
套聲律體系後來招致了一些質疑，認爲這樣的系統太過複雜，也未
必是唐時的實況。〔註3〕
　　如果從比較務實的層面來思考，王力建構的聲律系統的確有進
一步考慮的空間。如果唐人寫作律詩沒有一套更有效率的法則，我

〔註1〕王力，《漢語詩律學》（上海：新知識，1958），頁72～131。
〔註2〕同前註，頁91～100。
〔註3〕蔡瑜，《唐詩學探索》（台北：里人書局，1998），頁2。

們很難想像在缺乏完整、系統化論述的唐代，詩人能夠如此輕易駕馭這些聲律技巧，而且還創造出如此大量又具有高度文學性的律詩。此外，過於複雜、嚴密的系統所帶來的約束與不便，相信也絕不是詩人在創作時樂於遭遇的。因此，我們有理由相信唐代的詩人有更靈活的一套駕馭格律的方法。

另一方面來說，習慣上被沿用的聲律口訣「一、三、五不論，二、四、六分明」也不足以說明這套調聲法則，因為它過於簡單，無法反應聲律的全貌，像是聯間成「黏」的關係就無法透過這樣方式說明。

時至今日，律詩的聲律仍然不是一個容易理解的問題。Steven Owen 在其 *The Great Age of Chinese Poetry, The High T'ang* 一書中曾論及他對孟浩然律詩的見解，他認為孟浩然因為多年隱居在襄陽，遠離當時的政治、文化中心，因此他的律詩聲律多有出律之處。〔註4〕我出於好奇，親自分析了孟浩然律詩的聲調，結果發現情況並不如 Owen 所說，相反的，孟浩然的律詩聲律十分嚴謹，幾乎沒有出律的。這就引發了我對聲律問題的興趣，同時也讓我意識到，長期以來，我們對於「聲律」的認識還有未盡之處。

律詩的年代過去了，是不是沒有更理想的方式來理解它了呢？從今日的觀點看來，似乎存在一些其它可能的方法，可以幫助我們重新探勘律詩聲律的問題。首先是當代數位技術進步，大規模統計分析實際詩歌聲調的工作變得可能。其次是關於聲律理論的部分文獻在當代已得到較佳的校刊成果。這些因素使得重新描繪詩歌聲律發展與演變的工作變得可能。

聲律是詩人和理論家承襲了過去歷史中的經驗，經過實驗、淘選、轉化等複雜的過程，在時序進入唐代大約一百年後逐漸建立起一套接近我們今日所理解的聲律法則。因此，關於聲律的歷時研究

〔註 4〕Owen, Stephen. *The Great Age of Chinese Poetry, The High T'ang*. New Haven: Yale Univ. Press, 1981.

有助於我們理解唐代的律詩並不是歷史上突然出現的特例，而可謂是過去歷史經驗的總結。本文希望透過「聲律理論」及「聲調分析」，試圖描繪詩歌聲律自南朝以來至唐代的發展演變的概況。相對於建構一套理論系統，對我們來說，更重要的問題是：「聲律」經過了哪些演進的過程？每個過程中理論的進展與創作實踐的情況如何？又在怎樣的條件下，聲律趨於成熟與穩定？這些就是本文主要探討的問題。而由於中古時期古典詩歌的形式以五言平韻詩為大宗，本文關於聲調的統計分析亦以五言平韻詩為對象，相信這樣的研究足以反應詩歌調節聲律的主要潮流。

　　下文將大致按照時序討論不同歷史時期中重要調聲理論及創作上實際調聲的情形，從理論與創作兩個層面描繪聲律的「律化」之路發展的脈絡。南齊是聲律理論的創發、先備時代，齊永明時沈約（西元 441～513 年）等人開啓了聲律運動，後代聲律最基本的方法與邏輯都在此時奠定基礎。這個階段也是詩人多樣化實驗聲律法則的時期，「調聲」雖是詩歌寫作上新的形式技巧，但自齊代以後潮流日益擴大。梁、陳、隋三代除了繼承了前代的調聲理論，也開展出新的「律化」的方向，除了傳統上「調四聲（平、上、去、入四聲）」的「犯病論」，此時期也出現影響重大的「調二聲（平、仄二聲）」的理論與作法，使得創作實際上走向更簡易、務實的道路。從「隋詩」的統計中我們發現「調聲」在當時是寫詩必須遵循的規範，不論形式與內容，當時的詩歌都必須「調聲」，這與後代「律詩」與「古詩」分野的觀念有所不同；也就是說，在詩歌發展的某個歷史時期中，「古」、「律」體之分很可能是不存在的。「初唐前期」的聲律發展在句式、聯對等方面都已經到達相當成熟的階段，但是由於詩人創作上有特定的偏好（對「平起律聯」的偏好），這種慣性使得當時的律詩在整首詩的聲調配置上仍未發展出較固定的形式。「初唐後期」則是律詩聲律的成熟期，聲律形式不論是句內、聯內、聯間以致於全詩的聲調配置都已發展出相當完整的理論，創作上也反映出

相應的實踐情形，所以說初唐後期可以說是詩歌聲律發展過程中的成熟期。從南齊到初唐這段發展過程中，聲律最基本的規律已經得到一定的共識，重要的觀念也就此確立下來。

下文鋪陳南齊到初唐聲律演變的問題時，大致上就兩個主軸來談，一是不同時期調聲理論所反映的調聲觀念，二是詩人創作上實踐聲律的情況。「理論的發展」將說明每個時代重要的聲律理論家所提出有影響力或重要的說法，相關問題雖然現存資料有限，不過已經足夠讓我們認識到每個時期重要聲律理論，以及它們反映出創作上的情況。關於「聲律實踐」，本文則透過詩人作品進行實際的量化分析，透過電腦程式的比對，解讀每首作品的聲調配置，以說明格律被實踐的實際情形。這類統計分析的工作近十年來也漸漸有學者進行過，不過限於各家對格律法則的理解與定位不同，或統計的標準不一，或統計的資料不全，使得這個工作仍有繼續進行的必要。今日數位科技進步，正好方便我們得以重新進行這樣的工作。筆者在這個比對、統計、分析的過程中發現，只要能研擬出適切的統計、分析的項目，研究回饋是很大的，它幾乎可以完全反應每個時代在聲律實踐的主要潮流。而文中牽涉大量聲調分析與統計，詩文聲調的判定則主要依據宋本《廣韻》。〔註5〕

〔註 5〕近年來已有王仁昫刊謬補缺全本《切韻》出土，而中古時期聲韻學研究也日益豐富，對於採取怎樣的韻書作爲本文統計研究的依據，在此有必要稍加說明。一般認爲陸法言在隋仁壽元年（西元 601 年）年左右編成的《切韻》是中古漢語音韻最佳的紀錄。實際上在《切韻》稍早尚有多種韻書流傳，陸法言在《切韻》序文中提到的就有呂靜的《韻集》、夏侯詠的《韻略》、陽休之的《韻略》、李概的《音譜》、杜臺卿的《韻略》數種。（見龍宇純校箋，《唐寫全本王仁昫刊謬補缺切韻校箋》（香港：中文大學出版社，1968）。但是這些韻書在《切韻》行世之後，幾乎都亡佚了。《切韻》之所以超越並取代了稍早的其他韻書，主要原因在於這些韻書審音標準不一而顯得十分雜亂分歧。《切韻·序》說：「古今聲調既自有別，諸家取捨亦復不同。吳楚則時傷清淺，燕趙則多涉重濁；秦隴則去聲爲入，梁益則平聲似去」，《切韻》的主要目的之一，便是爲了「論南北是非，

古今通塞，更欲捃選精確，除削疏緩」，試圖總結一套更精確而能通行的韻書。

編寫的方法上，《切韻》兼具實用與分析韻部精細的兩大特性。陸法言等人對審音與詩文用韻的看法是「欲廣文路，自可清濁皆通；若賞知音，則須輕重有異」（見《切韻·序》），顯然是認為詩文用韻雖然可以從寬，但審定文字音韻時則應嚴謹區辨。又陸氏等人審音的原則是「取異」，盡可能區別細微的或區域間的差異，如我們所看到《切韻》的取捨的實例：卷一，「冬」字下注曰：「陽與鍾、江同，呂、夏侯別。今依呂、夏侯。」又「眞」字下注曰：「呂與文同，夏侯、陽、杜別。今依夏侯、陽、杜。」陸氏等人依「取異」的原則將韻部細分成一百九十三部，其結果就是韻部間細微的差異或區域間的歧異都被精細地區分開來。就當時而言，《切韻》代表的應該就是一部韻部分析最細緻的工具書。它方便了文士寫作時可以依據需求採取不同的用韻標準，將韻字彈性地同用或分用，在實際創作上提供了靈活而精確的尺度，因此它的實用性極高。兼具實用和分韻精細的特性，陸法言《切韻》一出，諸家韻書便逐漸被取代而消亡。

周祖謨並指出《切韻》極有系統而且審音從嚴，它的音系是根據南方士大夫如顏延之、蕭該等人所用的雅言，並參酌音書，折衷南北的異同而定。因為有雅言及音書作為依據，《切韻》的音系可以說是六世紀標準語音的代表。（見周祖謨。〈《切韻》的性質和它的音系基礎〉。收入《問學集》（北京：中華書局，1966），頁 434 ～445。）

《切韻》所反應的既是六世紀的雅言音韻，似乎應該是研究中古音韻最佳也最重要的著作。可惜它並不是沒有缺點，王仁昫《切韻·序》中說陸韻「時俗共重，以為典規；然苦字少，復闕字義。」「陸韻」雖樹立了一個典範，在唐時的王仁昫看來，陸韻所收韻字已不敷使用。唐代韻書的發展便經常是對《切韻》進行增補韻字、訓義以及刊謬的工作。在廣益《切韻》的工作上，較出名的是王仁昫、孫愐、李舟三家。我們今日所能見到的王仁昫刊謬補缺的《切韻》共有三種，其一是殘本，藏於巴黎國民圖書館，簡稱「王一」。項子京跋本稱「王二」，此本系統混雜。而宋濂跋本是全帙，也是保存最好的一種，簡稱「王三」。稍晚於王，孫愐補益《切韻》稱《唐韻》，合韻字及注篇幅約在一萬五千言上下，然書已失傳。將韻目編次做較大幅度更動的是李舟的《切韻》，此本乃根據孫愐的《唐韻》改訂，作書約在唐代宗、德宗時。李舟《切韻》重要影響在於它的韻部排列改為以類相從，又調整四聲次序，使之相配不亂，這兩項重要的革新為後代的韻書接納，奠定了宋代韻書的基礎。（見濮之珍，《中國語言學史》（上海：上海古籍出版社，1987））。

宋代廣益《切韻》的成就表現在《廣韻》上。根據王國維的說

法,《廣韻》的命名乃是依陸法言《切韻》而廣之的意思。(見王國維,《觀堂集林》,卷八,頁 23～24。收入《國民叢書》(上海書店,1992)第四編第二十九冊)。《廣韻》是中國第一部官修韻書,依據《切韻》重新增補勘訂。《廣韻》不單純只是一部韻書,除了註明反切之外,它還說明字義,分析字形,甚至列出同音字,可以說是一部全方位的工具書。《廣韻》的音韻系統主要是依據孫愐《唐韻》及李舟《切韻》及前代其他廣《切韻》之韻書而得,因此其音韻系統可以視爲繼承《切韻》而來(張世祿,《廣韻研究》(香港:太平書局,1964))。也正因如此,《廣韻》雖編定於宋代,實際上卻是隋唐韻書集大成之作,它的音系繼承《切韻》,因此《廣韻》音系主要反應的就是中古時代的音系。由于《廣韻》是官定韻書,規範性和通行性都很高,它又是《切韻》系韻書之集大成之作,《廣韻》出後,其他韻書就漸漸被取代了。

二十世紀王仁昫《刊謬補缺切韻》全本(王三)出土,然而我們統計詩文調音問題時,《廣韻》相較於「王三」有幾項絕對的優勢,這些優勢都與《廣韻》的官修的特質有關,第一是集官家之人力與物力,《廣韻》比起前此的《切韻》系韻書應有更完善的統整。其次是《廣韻》在資源與人力充沛的條件下,篇幅及内容有大幅度的擴充。《廣韻》收 26,194 字,註解更高達將近二十萬字。相較於陸韻所收九千餘字,或王三增補的一萬四千餘字,在從事大量的統計工作時,《廣韻》在字彙量上具有絕對的優勢。在得失權衡之下,作爲《切韻》的嫡系,在研究中古時期的詩文調聲問題(尤其是大規模統計時),《廣韻》實是最佳的選擇。雖然《廣韻》在諸本中所收韻字量最豐,但在統計工作中我們仍然發現有缺字的問題,爲了減低統計上的誤差,《廣韻》缺字的部分則參考當代語言學家所做出的擬音爲統計的依據。關於「擬音」的問題,何大安曾指出:「擬測古語的意義,不在還原古音,而在對音韻的演變,提供一個可能的解釋」,又「古人的『語音』早已隨風而逝。語言學家所擬出來的,只能是古人的『音類』或『音位』,而非古人的『音值』。」(見何大安,《聲韻學中的觀念和方法》(台北:大安出版社,1987),頁 134。)不過,在沒有更妥善的解決方案之前,我們認爲參考「擬音」仍然是有其必要。本文所參考的擬音包括:周法高,《漢字古今音彙》(香港:中文大學出版社,1979)、李珍華,《漢字古今音表》(北京:商務出版社,1991)、丁聲樹,《古今字音對照手冊》(香港:太平書局,1966)、Pulleyblank, Edwin G. *Lexicon of reconstructed pronunciation in early Middle Chinese, late Middle Chinese, and early Mandarin*, Vancouver: University of British Columbia Press, 1991.等數種。

第一章 以齊永明時期聲律運動為中心的初期聲律理論

　　齊武帝永明年間（西元 482～493 年）興起的詩文「聲律運動」向被視為詩歌調聲理論的發端。雖有學者曾經留心到永明以前片段的調聲理論，但這些材料較零星且分散，部分理論也嫌過於簡略或抽象，〔註 1〕更重要的是，這些理論並未像永明聲律理論一樣引起一時之風潮，對其後的文壇亦未造成太大的影響，因此以永明聲律理論做為研究詩歌聲律的起點是相當合理的。本章將以「永明聲律說」為中

〔註 1〕 這些早期的理論包括《西京雜記》所載司馬相如的一段話：「合綦組以成文，列錦繡而為質，一經一緯，一宮一商，此賦之跡也。」見劉大杰，《中國文學發展史》（台北：華正書局，西元 1994 年），頁 194，及王運熙、顧易生主編，《中國文學批評史》（上海：上海古籍出版社，西元 1981 年），上冊，頁 125。其他的例子如《南齊書‧陸厥傳》：「劉楨奏書，大明體式之致，岨峿妥貼之談，操末續顛之說，興于玄黃律呂，比五色之相宣。」又陸機〈文賦〉：「其會意也尚巧，其遣言也貴妍。暨音聲之迭代，若五色之相宣。」李善《文選》注〈文賦〉云：「音聲迭代而成文，若五色相宣而為繡也。」見施逢雨，《李白詩的藝術成就》（台北：大安出版社，西元 1992 年），頁 200～201。這些說法雖然提出一些協調聲調的看法，不過都顯得過於片段、抽象，以《西京雜記》為例，所謂「一經一緯，一宮一商」乃賦之跡也，似有後代「音聲迭代」理論的味道，但畢竟所謂經、緯、宮、商實際何指，又對於如何協暢宮、商等問題都無法確指。其他數例雖也論及為文應注重「聲音迭代」的問題，但對於如何協調聲調也均無著墨。

心，嘗試說明早期聲律理論相關的議題。

　　早期聲律理論提出時因尚在創說之初，理論建構未臻健全，而部分觀念（如「四聲說」）又屬新創，導致聲律論提出時引起許多混淆及誤解。此外，後人詮釋相關議題時亦有不少抵觸與未盡之處，使得相關問題顯得十分糾纏而複雜。所幸近十年來相關研究成果漸豐，對於個別問題的研討也趨於細緻，仔細分辨，大致足夠我們勾勒出此時期相關理論的梗概。本章將針對此時期重要的議題與易生誤解之處加以說明，以呈現早期聲律理論概要。至於前人對相關問題的諸多參差的意見及繁複的論辯將不一一贅述，僅總結較可信的研究成果，並對必要的問題進行探討。下文寫作多得利於施逢雨〔註2〕、林哲庸〔註3〕兩位學者的研究成果，僅在少數問題上提出補充或修正。

第一節　「四聲說」的提出與沈約的「四聲譜」

一、「四聲說」的提出

　　南齊永明時期沈約等人推轂的聲律運動是詩歌聲律的第一步，不過這個運動形成有其特定的歷史背景，其中最直接相關也最重要的學術文化背景，就是聲韻學上「四聲」的發現。雖說文學中對音韻的重視啟蒙很早，但早期多半僅能偏重自然音韻。更能夠對詩、文刻意且大量進行「調聲」這種一種高度形式化的工作，必須待到聲韻學知識發展到一定的程度，實際上說來，也就是必須待到漢語「四聲調」的區分被發現以後。「四聲」發現後不久，沈約等人即據以提出文學調聲的理論，引起文學史上第一波聲律論的高潮，因此「四聲」的提出也就成為聲律理論中最早也最重要課題。

　　《南齊書》為梁蕭子顯（西元489～537年）所撰，其〈陸厥傳〉中有一段記載可以簡要說明永明時期的聲律運動與「四聲」的關係：

〔註2〕施逢雨，《李白詩的藝術成就》，頁197～225。
〔註3〕林哲庸，《永明聲律說研究》（清華大學中文系碩士論文，西元1998年）。

> 永明末盛爲文章。吳興沈約、陳郡謝朓、琅邪王融以氣類相
> 推轂。汝南周顒善識聲韻。約等文皆用宮商，以平、上、去、
> 入爲四聲，以此制韻，不可增減，世呼爲「永明體」。〔註4〕

這段話不但指出永明時期提倡聲律說的主要人物，也說明了當時的調
聲觀念，就是爲文須分辨字的四聲，並依據一些法則來調配四聲；而
這種調配四聲的主張甚至造就了一種新的文體，到蕭子顯時這種新體
稱爲「永明體」。可知「四聲說」是永明時期聲律運動的基礎，四聲
的發現使得詩人得以開始思考將不同的聲調在作品中配置的問題，實
際上，初期聲律論的第一個重要問題就是「四聲說」。

　　漢語音調四聲的發現無疑是中古時期文學史上的一件關鍵性的大
事，它提供了往後數百年文學音律形式精研的基礎，但是關於「四聲
說提出」的相關問題，卻須遲至近代的研究方能得到答案。研究近體
詩或永明文學者常據前文引述《南齊書‧陸厥傳》的記載而認爲四聲
說創立於沈約、周顒等人。然「四聲創說」與「將四聲運用於詩文調
聲」實爲二事，陳寅恪在其〈四聲三問〉中提出一個較新穎而頗具顯
響力的論點，認爲南潮流行的佛經「轉讀」使得梵語聲調三聲啓發中
國聲調「四聲」的發現。〔註5〕陳寅恪以爲，漢語入聲字字尾因以 p,t,k
三種輔音收塞，音值特殊，相較於其他諸調文字，入聲字特別容易被
察覺而獨立爲一類。而梵語有三聲調之別，此聲調之別隨唱頌、歌詠
佛經或佛經教義傳入中國，啓發了漢語入聲以外三聲的發現。其論曰：

> 所以其餘（入聲以外）之聲爲三者，實依據及模擬中國當

〔註4〕見《南齊書》，52/898。《南史‧陸厥傳》所載略同，其曰：「（永明）
　　　時盛爲文章，吳興沈約、陳郡謝朓、琅邪王融以氣類相推轂。汝南
　　　周顒善識聲韻。約等文皆用宮商，將平、上、去、入四聲，以此制
　　　韻。有平頭、上尾、蜂腰、鶴膝。五字之中，音韻悉異，兩句之內，
　　　角徵不同。不可增減，世呼爲『永明體』。見《南史》，48/1195。《南
　　　史》爲唐李延壽（？～679？）所作，其〈陸厥傳〉這一段文字略同
　　　於《南齊書》，應是李延壽襲《南齊書》而作。
〔註5〕陳寅恪，〈四聲三問〉。收入劉夢溪主編，《中國現代學術經典陳寅恪
　　　卷》（河北：河北教育出版社，西元2002年），頁788～801。

> 日轉讀佛經之三聲。而中國當日轉讀佛經之三聲又出於印
> 度古時聲明論之三聲也。據天竺韋陀之聲明論，其所謂聲
> svara 者，適與中國四聲之所謂聲者相類似。即指聲之高低
> 言，英語所謂 pitch accent 者是也。韋陀聲明論依其聲之高
> 低，分別為三：一曰 udātta，二曰 svarita，三曰 anudātta。
> 佛教輸入中國，其教徒轉讀經典時，此三聲之分別當亦隨
> 之輸入。……故中土文士依據及模擬當日轉讀佛經之聲，
> 分別訂為平上去之三聲。和入聲共計之，適成四聲。〔註6〕

陳寅恪認為梵語三聲啓發了漢語入聲以外三個聲調（上、去、入）的
發現。但梵語三聲究竟如何啓發漢語三聲呢？蒐諸史籍似乎難以得到
明確的記載。

　　陳寅恪的說法後來受到其他學者質疑。〔註7〕周法高在 1946 年
提出比較關鍵的問題，他指出：「印度圍陀（veda）裡所標的三種聲
調，到了西曆紀元時的語言，久已沒有這種區別了。不知道印度古代
佛教徒應用它來轉讀佛經和它的傳入中國，有什麼根據沒有？」〔註8〕
這個問題一直沒有得到圓滿的解答。

　　即使如此，陳寅恪的說法仍然具有很大的影響力，自該文出後，
許多研究者受到此說的影響，認為漢語四聲發現與佛經轉讀、唱導有
某種關連。〔註9〕史書中關於齊竟陵王蕭子良雞籠山西邸文士、沙門
會集的記載強化了這樣的印象：

> （永明）五年，正位司徒，給班劍二十人，侍中如故。移
> 居雞籠山邸。集學士，抄五經百家，依皇覽例，為四部要
> 略十卷；招致名僧，講語佛法，造經唄新聲。道俗之盛，
> 江左未有也。〔註10〕

〔註6〕同前註，頁 789。

〔註7〕如董同龢。《漢語音韻學》（台北：文史哲，西元 1977 年），頁 112。
　　　不過董說實對陳寅恪之說有所誤解，在此暫不詳述。

〔註8〕周法高，《中國語言文學論集·說平仄》（台北：聯經，西元 1975 年）。

〔註9〕如向麗頻，《南北朝至初唐五言律詩格律形成之研究》。

〔註10〕見《南齊書·竟陵文宣陵王子良傳》40/698。《南史》傳略同，44/1103。

> 竟陵王子良開西邸，招文學，與沈約、謝朓、王融、蕭琛、
> 范雲、任昉、陸倕等並遊焉，號曰八友。〔註11〕

竟陵王蕭子良遷雞籠山西邸後，集學士抄經，致名僧講法，其風氣之
盛規模之大，致於能「造經唄新聲」，可見當時對佛經的誦讀、讚唱
技巧的已臻高度純熟。《南齊書》中盛稱當時影響所及謂：「道俗之盛，
江左未有也」。似乎顯示在「四聲說」正式提出之前，文化界對聲韻
學相關知識已經在佛經讀、誦的影響下累積了相當的基礎。其次，《梁
書‧武帝紀》說竟陵王（蕭）子良開西邸，招文學，名士貴族齊集一
時，沈約等人並游，有「八友」之名，諸人可謂當時文壇代表的人物，
而倡導「四聲」、推轂「永明體」最力的沈約、謝朓、王融諸人，同
時都是西邸文學之核心人物。史書上這些記載加強了佛經轉讀、唱導
啟發漢語四聲發現的印象，也加強了沈約等人在齊初發現四聲的印
象。日本學者高木正一便認為發現四聲及整理漢字四聲的工作不是一
人一時可以完成，因而認為是當時集結於竟陵王蕭子良官邸的文人學
者所研議而成，他還認為沈約作《四聲譜》亦與此有關，說：「（西邸
文學新聲）其結果便是經沈約手定的〈四聲譜〉一卷。」〔註12〕

　　另外可以討論的是齊、梁間文人王斌的例子，《文鏡秘府論》
載王斌對聲律說頗有見解，曾研議「蜂腰」、「鶴膝」二病，〔註13〕
並作《五格四聲論》。〔註14〕《南史》有一段關於王斌的記載：

> 時有王斌者，不知何許人，著《四聲論》行於世。斌初為
> 道人，博涉經籍，雅有才辯，善屬之，能唱導，而不修儀
> 容。嘗弊衣於瓦官寺聽雲法師講成實論。〔註15〕

〔註11〕《梁書》，1/2。

〔註12〕〔日〕高木正一著，鄭清茂譯。〈六朝律詩之形成（下）〉，收入《大
　　　　陸雜誌語文叢書》（台北：大陸雜誌社，西元1975年），第一輯第五
　　　　冊，頁69。原載《大陸雜誌》13：9。

〔註13〕見〔日〕弘法大師撰，王利器校注，《文鏡秘府論》（北平：中國社
　　　　會科學出版社，西元1983年），頁416。

〔註14〕同前註，頁97。

〔註15〕見《南史》，48/1197。

其中《四聲論》應即《文鏡秘府論》中所謂的《五格四聲論》,《南史》說他善於「唱導」,「唱導」是唱頌佛經教義,不知這與他善於聲律之談會不會有某些關連。

綜合以上的討論,似乎當時研議聲律的人或多或少都有一定的佛學背景,這種印象讓很多學者相似漢語四聲的發現受到佛經轉讀或梵唄一定的影響。可是這中間實際影響過程卻似乎找不到更清楚的記載,因此相關的問題便衍生出更複雜的辯論。馮承基便以為,沈約等推廣四聲說諸人是刻意不明說梵語傳入對中國語言學的發啟,原因乃在慕古與自尊兩種心態影響之故,〔註16〕此說雖未必可信,大抵相關問題討論龐雜若此。而梵語對漢語聲韻學的實質上啟發與影響到什麼程度,則暫時很難有所定論。

至於在「四聲說」提出之前,詩文調聲的情況如何呢?丁邦新曾指出,從魏到南北朝的詩歌中,幾乎各個韻組都是四聲個別使用而不相互混用,〔註17〕可見四聲調類的分別非常鮮明,當時韻書中依韻而分的字類,已將聲調的區別納入韻母中區分開來,所以,即使四聲之說尚未提出,詩人用韻時大致上仍不至於將異聲調的字韻相混。自魏、晉以來詩人已經具備了「不同音調的字分屬於不同的韻部」的觀念,這實在是因為韻書中已經將「聲調」納入韻母中的關係,待到聲韻學的知識更成熟的宋、齊之時,「四聲」才被理論性地提出。

前文討論的問題中隱含了「提出四聲的人物」和「提出四聲說的時間」兩個問題,「四聲」發現之功究竟應歸於何人?這個問題直到日僧空海〔註18〕(西元 774~835 年)所著《文鏡秘府論》流

〔註16〕見馮承基。〈論永明聲律——四聲〉,收入《大陸雜誌語文叢書》第二輯第四冊,頁 305。原載《大陸雜誌》13:9。

〔註17〕見丁邦新。*Chinese Phonology of Wei-Chin Period: Reconstruction of the finals as reflected in Poetry* Institute of History and Philology Academia Sinica, special Publications, 1975.

〔註18〕王利器引日釋運敵《三教指歸刪補鈔》寶永四年刊本載空海有十號,分別為:魚真、貴物、神童、吳空、教海、如空、空海、五筆和尚、遍照金剛、弘法。「弘法大師」是他死後追封的尊號。見王利器校注,

傳回中國後，這個紛擾多時的問題方告塵埃落定。空海於九世紀初
訪華，而《文鏡秘府論》則是他採拮了訪華時所蒐集的詩學論著，
進一步編寫而成的著作。清末楊守敬（西元 1839～1915 年）赴日
訪書時將這部作品傳回中土。由於《文鏡秘府論》中記載的許多詩
學論著在中國早已不傳，因此這部作品可以說是現階段我們研究中
古時期詩學至爲重要的一部著作。根據《文鏡秘府論》所記載的資
料，我們才對漢語「四聲說」提出的源頭有比較清晰的掌握。

　　《文鏡秘府論》根據隋代劉善經《四聲指歸》的記載：「宋末以
來，始有四聲之目，沈氏乃著其譜論，云起自周顒。」〔註 19〕這段話
指明沈氏（沈約）著《四聲譜》，並說明四聲之說其源於周顒，這不
僅解答四聲說提出的時間，也說明了沈、周二人在「四聲說」創說這
個問題上的關係。如此一來，「四聲」創說的時代與人物便得到比較
圓滿的答案，「四聲說」創說自宋末，關鍵人物是周顒。關於周顒，《南
史・周朗傳》說他：「音詞辯麗，長於佛理。」〔註 20〕又「每賓友會
同，顒虛席晤語。詞韻如流，聽者忘倦。」〔註 21〕前引《南齊書・陸
厥傳》說沈約、謝朓、王融爲文用四聲，卻說周顒「善識聲韻」，比
較可能的推論是周顒對文字的音韻造詣頗高，先創四聲之說，並對沈
約等人產生了一些影響，進而引發四聲說的流行。而周顒本人與詩文
調聲的聲律運動關係可能沒有沈約、謝朓、王融諸人那麼直接。下文
也將說明「四聲說」的流行很可能是在沈約撰《四聲譜》，且經由一
批文士提倡將四聲用於文學後才漸漸爲人所知。

二、沈約《四聲譜》

　　《梁書・沈約傳》記載了沈約撰《四聲譜》之事：

　　《文鏡秘府論校注・前言》（北京：中國社會科學出版社，西元 1983
　　年），頁 2。
〔註 19〕見《文鏡秘府論校注》，頁 80。
〔註 20〕見《南史》，34/894。
〔註 21〕同前註，34/895。

（沈約）文集一百卷，皆行於世。又撰《四聲譜》，以爲在昔詞人，累千載而不寤，而獨得胸襟，窮其妙旨，自謂入神之作。高祖雅不好焉，帝問周捨曰：「何謂四聲？」捨曰：「天子聖哲是也。」然帝竟不尊用。〔註22〕

又，《文鏡秘府論・天卷》〈四聲論〉曾引述隋劉善經文謂北魏甄琛對沈約《四聲譜》提出的詰難，文曰：「魏定州刺史甄思伯（甄琛），一代偉人，以爲沈氏《四聲譜》不依古典，妄自穿鑿。」〔註23〕《文鏡秘府論》並記載了沈約答辯甄琛詰難的〈答甄公論〉，〔註24〕可知沈約生前已提出《四聲譜》，並引起一定的注意。

沈約《四聲譜》成於何時呢？馮承基曾指出，涉及永明聲律論的主要早期資料中，有一組都只用「五音」、「律呂」，或音樂術語「宮商」、「宮羽」等，而未及言及「四聲」，另一組資料則直接使用「四聲」的詞彙。第一組資料都在南齊年間，多在永明（西元 482～493 年）以前，第二組資料則多在梁（西元 502 年）立國之後。〔註25〕此外梁武帝曾問周捨（周顒子）何謂四聲，可知梁初「四聲」之說仍未普及，施逢雨因而推定《四聲譜》可能作於梁初。〔註26〕

《四聲譜》長期亡佚，在清末《文鏡秘府論》傳回中國以前常被誤以爲是沈約所作的韻書，〔註27〕今日則可以據《文鏡秘府論》還原《四

〔註22〕見《梁書》13/243。
〔註23〕見《文鏡秘府論校注》，頁 97。
〔註24〕同前註，頁 101～02。
〔註25〕前一組資料包括：《詩品・序》所載王融之論、《宋書・謝靈運傳論》、《文心雕龍・聲律》、《南史》與《南齊書》〈陸厥傳〉載陸厥與沈約書及沈約答書。第二組資料包括：《詩品・序》「昔曹劉殆文章之聖」以下一段、《梁書・沈約傳》載梁武帝問周捨何謂四聲一段、《南齊書》及《南史》陸厥傳載沈約、謝朓、王融用四聲爲文的段落。兩組資料年代推定見施逢雨，《李白詩的藝術成就》，頁 204 附註。
〔註26〕見施逢雨，《李白詩的藝術成就》，頁 204～05。
〔註27〕林哲庸曾引顧炎武《音韻・韻書之始》：「學者皆言韻書本於沈約。《隋書・藝文志》有沈約《四聲》一卷。」又紀昀《沈氏四聲考・序》：「韻書至今，蓋數變矣。陋者類稱沈約，好古之士則據陸法言《切韻》以爭之。」見林哲庸，《永明聲律說研究》，頁 48。

聲譜》部分內容。弘法大師（空海）於《文鏡秘府論‧序》中明言，該書之作乃因所見後輩作家寫作詩文時「音響難默」，因而就「長入西秦，粗聽餘論」之所學「閱諸家格式等，勘彼異同」，在經過一番清點整理過後，竟發現當時所流傳林林總總的詩格，其實「卷軸雖多，要樞則少，名異義同，繁穢尤甚」，因「即事刀筆，削其重複，存其單號（單名）」。〔註28〕今日所見《文鏡秘府論‧天卷》中〈調四聲譜〉的部分內容一般認爲就是沈約《四聲譜》尚存的部分，〔註29〕其中包括「以四聲配四方」、「四字一紐，六字總歸一紐」、「紐聲反音、雙聲反音法」的簡單說明，並搭配文字圖譜，篇幅不過三百字。由於沈約《四聲譜》牽涉到早期聲律理論的觀念，《文鏡秘府論‧天卷》中所載的內容依然是我們理解沈約理論的重要參考，茲將其中被認爲是沈約聲譜的內容略析於下。

〈調四聲譜〉開宗明義云：「諸家調四聲譜，具例如左。」〔註30〕（《文鏡秘府論》原直排，故言「如左」，今橫排，「如左」應理解爲「如下」，下文同。）王利器在注這句話時引用任學良的見解，對「諸家」二字做了一些說明，認爲「除沈約外，即爲崔融，惟此二家而已。」〔註31〕觀《文鏡秘府論》原文，〈調四聲譜〉前半部分未詳書出處，被認爲是沈約所作，後半則書「崔氏曰」的字樣，被認爲是崔融的見解，因此任、王兩家注作時遂以爲〈調四聲譜〉中所謂「諸家」謹沈、崔二家而已。實則所謂「諸家調四聲譜」所指涉的，亦有可能是空海訪華時期「諸家」所傳抄沈約的《四聲譜》，空海加以整理，化繁蕪

〔註28〕諸語見《文鏡秘府論校注‧序》，頁15～16。
〔註29〕王利器曾引任學良的考證，認爲《文鏡秘府論‧天卷》中的〈調四聲譜〉就是沈約的《四聲譜》。任學良以爲安然《悉曇藏》引《四聲譜》內容與〈調四聲譜〉同。劉善經《四聲指歸》指沈約論四聲配四時，與《元和新聲韻譜》言四聲配四方四時例同，《韻譜》復言：「梁朝沈約著立紐字之圖」，則作者及見《四聲譜》。《日本國見在書目錄》有《四聲譜》一卷，則空海與安然所據乃沈約《四聲譜》。見《文鏡秘府論校注》，頁23。
〔註30〕見《文鏡秘府論校注》，頁23。
〔註31〕同前註，頁24。

為精簡，去參差致齊一，歸納出以下的結果，因此他才說：「諸家調四聲譜，具例如左。」

〈調四聲譜〉在「諸家調四聲譜，具例如左」字樣後，可依譜表編排形制分四段。第一段文字是：

平上去入配四方。

東方平聲平伻病別　　南方上聲常上尚杓

西方去聲祛麩去刻　　北方入聲壬衽任入

凡四聲一紐。〔註32〕

這段文字首先說四聲與四方相配，並分別將各聲部代表字「平」、「上」、「去」、「入」四字所屬之個別紐字列於其後以為例。「紐」其實就是不同的「組」，如果我們把聲（母）、韻（母）、聲調三者作為單字語音構成的三個元素，這段話中涵蓋較重要的觀念是漢字同音字依其聲調不同而分四聲，也就是說漢語中同音之字每組（紐）內依聲調不同而有四字。或許我們可以說，因為每紐中之字發音方法（聲、韻）皆同，惟音調有異，實是十分接近的近親語音，因此歸為一組（紐）。此處突顯的觀念是「語調」在語音中的區別性，因為每紐中的字僅依靠聲調來區分。其次，這個譜表還強調出另一個現象，即漢語語調不多不少恰為四聲，因此每紐共有四個字，所謂「凡四聲一紐」。

〈調四聲譜〉第二段敘述是關於紐字的另外一種排列法：

或六字總歸一紐。

皇晃璜　　　　鑊　　　　禾禍和

潢旁傍　　　　薄　　　　婆潑（左系右皮）

光廣洸　　　　郭　　　　戈果過

荒恍（左人右光）　霍　　　　和火貨

上三字，下三字，紐屬中央一字，是故名為總歸一入。〔註33〕

漢語四聲中入聲字的音質較特殊，具有塞音（p,t,k）收尾的特性。而陽聲韻（鼻音收尾）與同音的陰聲韻（元音收尾）字，如「皇」、「禾」

〔註32〕見《文鏡秘府論校注》，頁23。
〔註33〕同前註，頁24～25。

二字，若將尾音收於／k／這個塞音，可得同一入聲「鑊」字，這是
陽聲韻字去除鼻化，與陰聲韻字的同音字同化的結果，因此一入聲字
往往可以同屬於陰聲與陽聲的兩紐中。這種譜表強調入聲字字尾的特
殊性可使它相配於不同的兩紐中。譜中將共通的入聲字置中，扣除入
聲字，陽聲韻三字置前，陰聲韻三字置後，即其所謂「上三字，下三
字，紐屬中央一字，是故名爲總歸一入」。所以無論說「四聲一紐」
或「六字總歸一紐」，其實都是「四聲一紐」的意思，只不過後者更
清楚的指出並解釋「四字一紐」何以會出現同一入聲字可以同時歸入
不同紐中的現象。

　　〈調四聲譜〉第三段云：

　　四聲紐字，配爲雙聲疊韻如後：

　　郎朗浪落　　　　　　　離禮麗捩

　　剛（左口右岡）鋼各　　并併計節

　　羊養恙葯　　　　　　　夷以易逸

　　鄉響向謔　　　　　　　奚（上竹下奚）咥（左系右頡）

　　良兩亮略　　　　　　　離邐署栗

　　張長悵著　　　　　　　知（左人右知）智窒

　　凡四聲，豎讀爲紐，橫讀爲韻，亦當行下四字配上四字即
　　爲雙聲。若解此法，即解反音法。反音法有二種：一紐聲
　　反音，二雙聲反音。一切反音有此法也。〔註34〕

這一段主要指涉更爲實際應用的紐字配置關係。〈調四聲譜〉列出橫
列與豎行各以兩紐字並排的譜表下，解說這段譜表的關係是「豎讀爲
紐，橫讀爲韻」（按：此應以豎爲橫，以橫爲豎），又說「行下四字配
上四字即爲雙聲」（即行右四字配左四字即爲雙聲，以下爲行文方便，
橫、豎、左、右、上、下均以今橫排字譜爲準），也就是說，如果把
同聲母的紐字橫排，把同韻母的紐字豎排，就可以瞭解反切法的原
理，也就是借用相同的聲母或韻母去切出某字的字音，像是「郎、剛」

─────────────

〔註34〕見《文鏡秘府論校注》，頁26。

二字疊韻，因此相切的結果就是「郎」的聲母配「剛」的韻母，然「郎」、「剛」韻母同，因此等於是「郎」聲母配原韻母，因此仍切出「郎」音。依此類推，「郎羊」、「郎鄉」、「郎良」、「郎張」相切結果俱爲「郎」，此是「郎」與反切下字均在平聲相切的結果。因此譜中任何一行中，位置居上的字與同行居下任一字相切，結果均得相切上字。若「郎」與同音而不同調的字相切，如「郎養」切、「郎響」切，此「郎」與同音異調（上聲）字相切，則聲母不變而韻轉爲上聲，因此切出上聲「朗」音。同理「郎計」、「郎易」則切出「麗」音，「良窒」切出「栗」。若以每列右四字之紐字爲反切上字，左四字之紐字爲反切下字，如「栗張」切得「良」音，「易剛」切出「羊」音，實則道理皆同。我們歸納起來，取譜表中任何二字，所取反切上字之列，配反切下字之行，一行一列相交之處即是反切所得之聲。

這意味四聲紐字在實際的運用上只要交相配置，便可以形成一個方便反切字音的譜表，這反映出四聲紐字譜的出現有其實際使用上的便利性與需求。我們可以想像任何字紐只要符合這個「豎讀爲紐，橫讀爲韻」的原則，都可以交相配置成類似的譜表，其中變化無窮端看使用者的需要而定，依此法可以配置出所有反音字，故云「一切反音有此法也」。〔註35〕

接下來〈調四聲譜〉載第四段云：

> 綺琴　　良首　　書林
> 欽伎　　柳觭　　深廬
> 釋曰：豎讀（此橫讀）二字互相反也，傍讀轉氣爲雙聲，結角讀之爲疊韻。曰琴綺，云欽伎，互相反也。綺欽、琴伎兩雙聲，欽琴、綺伎二疊韻。上諧則氣類均調，下正則宮商韻切。持綱舉目，庶類同然。〔註36〕

這一段談的是和「反語」有關的字譜。「反語」是南朝流行的一種拆

〔註35〕見《文鏡秘府論校注》，頁 26。
〔註36〕同前註，頁 29。

解字音的謎語，利用一個詞語中的二字之聲母與韻母，正切一次再倒切一次，便可得出一個新的詞語，是為「反切隱語」，如《南史·梁武帝紀》說：「初，帝創同泰寺，至是開大通門以對寺之南門，取反語以協同泰。」〔註37〕「同」，德紅切，〔註38〕「泰」，他蓋切，〔註39〕德蓋切可得「大」音，他紅切可得「通」音，這是反切隱語應用的例子。簡單說來，以「綺琴」、「欽伎」四字所交成的四角字譜來看，直排「綺」、「欽」雙聲，「琴」、「伎」雙聲，對角「綺」、「伎」疊韻，「琴」、「欽」疊韻，這樣排出來的結果，「綺琴」可切出「欽」音，倒序切「琴綺」則得「伎」音；反之若用「欽伎」二字相互各切一次，則得「綺」、「琴」二音。這裡看起來有些複雜，若欲一目了然，只需逐將譜上的四字標上反切如下：

溪紙	群侵	來陽	審有	審魚	來侵
綺	琴	良	首	書	林
欽	伎	柳	觴	深	盧
溪侵	群紙	來有	審陽	審侵	來魚

〔註40〕「綺琴」二字順序倒序各切一次得「欽」、「伎」二字，「欽伎」二字順序倒序各切一次則得「綺」、「琴」二字。後「良、首、柳、觴」、「書、林、深、盧」兩組字關係亦同，互相是彼此的反切聲、韻，是所謂「曰琴綺，云欽伎，互相反也」。這一段記載與漢字聲「調」的關連較小，和「聲」、「韻」的交互配置相關，這種順序倒序各切一次的手法在寫作詩文時未必有絕對的重要性，而是反映出流行「反切隱語」的時期人們開始注重字音的解析，在高度的關注與操作之下，漸漸在社會上流行起這樣帶著遊戲性質的文雅風尚。它在說明了當時漢

〔註37〕見《南史》7/205。

〔註38〕見余迺永校注，《新校互注宋本廣韻》（上海：上海辭書出版社，西元 2000 年），頁 23。

〔註39〕見《新校互注宋本廣韻》，頁 379。

〔註40〕粗體為〈調四聲譜〉原文，小字為反切標音。所標注之反切韻、紐出王利器注引任學良，見《文鏡秘府論校注》，頁 29。

字語音被分析、研究的情形。

　　根據這些記載，沈約的《四聲譜》所涵蓋的聲律理論與貢獻，應該歸納爲以下幾點：第一，漢語同音字（同聲、韻）依調可分四調，由於傳統上把「調」的區別收納於「韻母」中作爲一種預設的區分，因此不同調質的音歸屬於不同的韻部。這卻也使得「四聲」之說一直未被特別提出。《四聲譜》的譜表展現了「聲調」的差異。對於「四聲說」的說明與提倡應有不小的貢獻。第二、我們若把四聲從韻中抽離出來作爲一種分類語音的標準，那麼同聲、韻而異調的四字恰好形成一組關連字，被稱爲「一紐」。又，以入聲字統攝「陰聲韻」及「陽聲韻」六字，所謂「六字總歸一入」。這些都是《四聲譜》的創新之處。第三、當我們把紐字四四一組作某種雙聲或疊韻的排列時，它便能很清楚並快速地幫助使用四聲譜表的人運用反切的技術去分析或組綦語音，可以很容易辨析近音字之間聲、韻的相互關係，可以讓使用者更容易掌握並使用反切字音的系統，四聲鈕字能與反切的方法聯繫起來。又，《四聲譜》也透過圖譜說明了「反語」的結構。這都是《四聲譜》回應當時聲韻學既有成績的表現。從以上的結論我們可以看出，沈約《四聲譜》所提倡的並非詩文調聲的直接理論，《四聲譜》實際上代表的是沈約精心研議出來，用來說明四聲以及四聲性質與應用的文字譜表，它彰顯漢語四聲的特性，也在某種程度上反應了沈約時代聲韻學的知識水準。

第二節　「永明聲律運動」與「永明體」

　　現今可見關於永明聲律理論較早而完整的是記錄沈約《宋書·謝靈運傳論》中的一段話，這一段記載標誌著永明聲律說的提出，也爲學者所熟知並援引。這段話應該是沈約作爲一個當世知名的聲律運動家較早提出的理論。〈謝靈運傳論〉這段文字中，先是關於漢魏以來四百年文學流變的專論，然後從四百年以來「文體三變」的批評中引發闡述他對詩文聲律的觀點。其論云：

若夫敷衽論心，商榷前藻，工拙之數，如有可言。夫五色
相宣，八音協暢，由乎玄黃律呂，各適物宜。欲使宮羽相
變，低昂互節，前有浮聲，則後須切響。一簡之內，音韻
盡殊；兩句之中，輕重悉異。妙達此旨，始可言文，至於
先士茂製，諷高歷賞，子建函京之作，仲宣霸岸之篇，子
荊零雨之章，正長朔風之句，並直舉胸情，非傍詩史，正
以音律調韻，取高前式。自騷人以來，多歷年代，雖文體
稍精，而此祕未睹。〔註41〕

沈約採用了色彩與音樂的譬喻。〔註42〕在他看來，充滿變化而不單
調、不重複的聲調配置才是較理想的安排，他說：「欲使宮羽相變，
低昂互節，前有浮聲，則後須切響」，意思是詩文欲富有音樂性的變
化，則必須針對字的音調進行交錯搭配，「一簡之內，音韻盡殊」，這
裡雖有可能是指一句之內用字聲調須求變化，「變化」也有可能包含
「音」（聲母）、「韻」（韻母）的變化，接近當時流行的聲病中「大韻」、
「小韻」、「旁紐」、「正紐」的觀念。「兩句之中，輕重悉異」在我們
研究的課題中更顯重要，比較接近「聲調調配」而求變化的意思。

　接著沈約簡單給予曹植與王粲等人一個評價，認為此輩文人文風
繼承文學中興寄諷寓的精神特質，而他們之所以超過前人之處，則在
於他們調「音律調韻」上有過於前人之處。沈約對詩文審美的標準首
重風骨興諷，在這個基礎上，他則認為可以精益求精，追求形式上「音
律調韻」的藝術效果。沈約還認為從屈原以來，詩歌調聲的問題是千
古詩人「未睹」之祕。他說古往今來的「高言妙句，音韻天成，皆闇
與理合，匪由思至」，意思是前人若在聲律上展現出過人的成就，那
都是基於一種渾然天成的呼應，或者說是作者在遣詞作句時對字音的
感官經驗較敏銳，但這種音聲的美感乃訴諸個人矇昧的直觀，並非出

〔註41〕見《宋書》，67/1779。
〔註42〕郭紹虞認為齊梁時論聲律諸人用「宮商」等語只是暫時借用古語。
　　　　見〈聲律說考辯〉，收入《照隅室古典文學論集》（台北：丹青圖書
　　　　公司，西元1985年），頁542～546。

於作者理性的分析與邏輯化的規範。因此他誇口「張、蔡、曹、王，曾無先覺，潘、陸、謝、顏，去之彌遠」，這個言論其實談的只有一個問題，就是自古以來文學名家輩出，但在美學上有一個一直沒有被充分開展的理論，就是關於聲律的理論。他認為歷史上從來沒有人公開標舉詩文用字的聲音應該經過人工有意識地、刻意地分析、經營及調配，而這正是他認為應該積極去作的工作，或許這也是他認為當代文學成就能夠超越前之處。因此沈約很有信心地作了一個結論：「世之知音者，有以得之，知此言之非謬」。由此，更理性地去節制字音以追求更美好和諧之聲情效果的理論便呼之欲出了。

沈約《宋書》成書於永明六年（西元 488 年），﹝註43﹞〈謝靈運傳論〉寫作的時間當約前此不久，這一段論述可謂是永明聲律說早期較完整的主張。前文曾引馮承基的觀點，發現永明以前的資料均未言及「四聲」之名，僅借用「宮商」等音樂術語，而梁以後的資料則均逕用「四聲」之名。同時沈約《四聲譜》很可能作於梁立國後（西元 502 年），施逢雨因而推定〈謝靈運傳論〉的「宮羽相變，低昂互節」之說並非後世的「四聲之說」，〈謝靈運傳論〉是永明聲律運動剛開始時的理論，理論內容只是「籠統主張對比性聲調之安排配置而已。至於安排配置的具體方式，則多半還沒有確定。」﹝註44﹞這是很有可能的情況，如果沈約在作《宋書》時已經完成《四聲譜》並大力推廣四聲說以調聲，那麼〈謝靈運傳論〉中應該不至於對「四聲」略過不提。而所謂「浮聲」、「切響」雖是指「聲調的對比現象」，但應亦非是如同部分學者所認為的「平、仄」對比。﹝註45﹞大致說來，〈謝靈運傳

﹝註43﹞馮承基據《宋書》卷一百，沈約自序，及《南史》卷五十七〈沈約傳〉謂《宋書》成於永明六年（西元 488 年）。見〈論永明聲律──四聲〉，頁 304。

﹝註44﹞見施逢雨，《李白詩的藝術成就》，頁 207～208。

﹝註45﹞如啟功以為「宮羽」、「宮商」等一系列相對的術語乃是指「平、仄」對比而言。見啟功，《詩文聲律論稿》（香港：中華書局，西元 1987 年），頁 80。按四聲發現不早於宋末，周顒卒不晚於永明七年（見馮

論〉提倡詩文應協調聲音的對比效果，但是這種調聲觀念既未使用新興的術語，亦未有明確的調聲律法，因此《宋書‧謝靈運傳論》這段話或許就是永明聲律較早的理論。

如果說永明聲律說提出後，漸漸演變成《南齊書》、《南史》〈陸厥傳〉所說的用以平、上、去、入四聲制韻，不可增減，而稱爲「永明體」，那就是一種新的詩體的誕生，其特色也就是「協調四聲」。其方法有可能是〈謝靈運傳論〉中說的「欲使宮羽相變，低昂互節，前有浮聲，則後須切響。一簡之內，音韻盡殊；兩句之中，輕重悉異。」〔註46〕協調四聲的位置可能是在一句的五言之中，也可能就兩句中的十字來協調，使一句或兩句之間音調能有所變化，而達到聲情流轉的效果。這樣的說法和後來興起的「平頭」、「上尾」、「蜂腰」等「病犯理論」調節音、韻的邏輯有不謀而合之處，下文將說明「病犯論」應該就是「永明體」協調聲律的法則。然林哲庸認爲「永明體」成爲一特殊體式，其調聲律法應有一定的規範性，他曾對比過永明聲律運動諸人與稍早詩人的詩歌，發現「永明詩人」唯一嚴格遵守的調聲律法是：一首詩的出句末字，不得與韻腳用同一聲調的字，但一韻到底的詩，第一個出句末字可與韻腳押韻，換韻的詩每一韻程第一個出句末字可與韻腳押韻。林哲庸據此認爲「永明律」僅此一條。雖然他也認爲「永明體」可能存在其他的律法，不過暫時無法找到當時其他協調聲律的規範。在下文討論「犯病說」時將會說明「八病」等「犯病理論」實是經過一段時間輾轉附益而成，在聲律理論發展的早期，每條律法提出應該都會經過一些實驗與討論，因此每種「律法」或未必能夠完全被遵循，因此看待「永明體詩律」應該可以採取比較彈性的立場。在早期的聲律理論中，我們將發現以「八病」爲名的「病犯說」

承基，〈論永明聲律——四聲〉），永明六年《宋書》成，然沈約《宋書》卻未言及四聲，則四聲說當時尚未流行。在平、上、去、入四聲還未被充分理解、接納的時代，若要說已經出現平、反的概念，於理有所不合。

〔註46〕《宋書》，67/1779。

既符合〈謝靈運傳論〉所說的調聲對比原則，又符合《南史》、《南齊書》中說的以「四聲」制韻這種具有「律法」性質的調音規範，是「病犯說」應該就是在「永明聲律說」影響下所提出的規範化的調聲法則。關於「犯病說」的相關問題，將在下節中詳述。

第三節　以「犯病說」爲主要形式的早期調聲法則

前文已經討論過「四聲說」的提出、沈約《四聲譜》的內容，以及《宋書・謝靈運傳論》中的主張。可是實際操作上要如何「一經一緯，一宮一商」呢？如何做到「前有浮聲，則後須切響」呢？這就需要更實際、精確的理論來規範。針對這些實際的作法，永明聲律說提出後不久，我們就看到了更明確的操作法則，那就是傳統上以「八病」稱之的種種「犯病」理論，這些「犯病條例」的目的是「忌避效果不佳」的音韻配置，也就是避免犯「聲病」的理論。

一、「八病說」的性質

「聲病理論」（或稱「犯病說」、「病犯說」）自梁時興起，內容討論文、筆寫作時在調配「聲」、「韻」、「調」三方面的病犯問題，也就是指出怎樣的「聲」、「韻」、「調」的配置被視爲音韻效果不佳的問題。大約在四聲理論漸受重視同時，我們也發現許多與詩、文聲韻協調的規範漸漸提出，這些規範主要以「犯病說」的形式呈現，而這些被認爲有礙於詩文音韻之美的「病」被統稱爲「八病」。

這些被統稱爲「八病」的犯病之說大約始自沈約諸人提出聲律論之時，而沈約本人也曾參與「聲病」的討論，〔註47〕這似乎顯示「永明體」與「八病」有某種關連之處。「永明體」既是依據沈約諸人所提出的聲律理論所開創的新的五言詩體式，而「八病」之類的犯病理

〔註47〕劉善經論文病時引沈約之言，如：「沈氏亦云：『上尾者，文章之尤疾。』」、「沈氏云：『第一、第二字不宜與第六、第七字同聲。』」等。學者多以「沈氏」爲沈約。引文見《文鏡秘府論校注》，頁 404，407。

論在大約相同的時代提出討論，又是作爲調節五言詩音律的規範，兩者之間的關係應予詳辨。

　　對於永明聲律與「八病」之關係的看法至今仍有歧異，而這些歧異的根本在於詮釋「八病」和「永明聲律」時，對於兩個觀念相涉的程度理解不同。郭紹虞認爲兩者爲一，認爲「八病」就是「永明體」詩律，所謂：「當時（永明）所提出的只有兩個問題，即是所謂『四聲八病』。」〔註48〕他又說：「永明時只規定了平上去入四聲，而且只用於制韻，還不用於求和……所以當時的聲律說，事實上只成爲聲病說，即當時所謂四聲八病之說。」〔註49〕至於「四聲」與「八病」之間的關係，其說則簡要指出「四聲用以定韻，八病則用以求和，而八病之說，則正是建立在四聲的基礎上的。」〔註50〕此則「四聲說」爲永明時期在語言學上的新成就，是語調得以系統劃分的基礎，而「八病」則是以「四聲」爲依據所建構出來的詩文音韻「犯病」的理論，若依此則「永明體」其實也僅僅就是講究「聲病」的體式。如此，則基本上便可以「八病」視爲「永明體」的聲律。

　　也有學者以爲「八病」與永明聲律爲二，認爲「永明體」所牽涉的概念僅止於沈約《宋書・謝靈運傳論》中所提出的關於詩文應積極從事音韻的配置，而「犯病理論」乃是一種消極限制。此說認爲四聲用於詩賦的理論分兩種類型，我們方便名之爲「積極型聲律說」與「消極型犯病說」兩類。前者指稱沈約《宋書・謝靈運傳論》提出的聲律理論，〔註51〕「它用積極性質的言詞，提出四聲運用於詩賦之大原則……。」〔註52〕後者指「病犯說」被認定是「從『聲

〔註48〕郭紹虞。〈聲律說考辨〉，《照隅室古典文學論集》（台北：丹青圖書公司，西元 1985 年），頁 536。

〔註49〕同前註。

〔註50〕同前註。

〔註51〕求諸〈謝靈運傳論〉，所謂「積極性質的言詞」，應該是指其中「前有浮聲，則後需切響」諸語。

〔註52〕林哲庸，《永明聲律說研究》，頁 99。

律說』的原則，演繹而得明確具體的聲律條例，……其形式上的特色是以『不得如此如此』的消極性的言詞，提出文士寫作五言詩必須規避的『病』，〔註53〕此說並認爲《詩品‧總論》所謂「王元長（融）創其首，謝朓、沈約揚其波，……士流景慕，務爲精密，襞積細微，專相凌駕」〔註54〕者，乃指「消極型」病犯說而言。由於認爲八病非沈約一人所制，因此亦定「八病」非全數自始即爲永明體聲律。〔註55〕簡言之，此論認爲「永明聲律說」乃指沈約所提的「積極型」聲律論，在永明六年《宋書》成時其原則已確立，而被認爲是王融所創「消極型」犯病說爲沈約聲律說之補充與改良，被視爲是支持聲律說的手段。〔註56〕按此，則「永明聲律說」專指沈約在《宋書‧謝靈運傳論》所提出的聲律論，而與「八病」爲截然不同的兩個概念了。此說還認爲「永明聲律說」乃是位階高於「病犯說」的理論。「八病」既非自始即全爲永明律，那麼「永明體」的律法又爲何？前文曾引述提出此說的林哲庸據其研究認爲目前可得出的「永明體」詩律僅一條，即「出句末字，不得與韻腳（對句末字）用同一聲調的字。但一韻到底的詩，其第一個出句末字可與韻腳押韻，其他的出句末字，也不得用與韻腳同聲調的字。」〔註57〕

就今日的觀點來看，這兩種觀點都在某種程度上偏離了永明聲律運動的實貌。筆者以爲，「八病」與「永明聲律說」的關係乃是一核心問題，如果能釐清這個問題，許多相關的問題都將迎刃而解，並能從而還原「永明聲律說」的內涵與實貌。因此下文將透過檢討這兩種觀點來辨析「永明體」與「八病」間的關係，亦將在討論同時簡要說明「八病」的內容。

〔註53〕同前註，頁100。
〔註54〕見陳延傑注，梁鍾嶸撰，《詩品注》（台北：開明書店，西元1978年），頁9。
〔註55〕林哲庸，《永明聲律說研究》，頁99～100。
〔註56〕同前註。
〔註57〕同前註，頁84。

　　首先探討郭紹虞所提「永明聲律說即聲病說」的觀點。郭說大抵如前文所述，只是細讀該文欲疑有齟齬之處：如前文引所謂「所以當時的聲律說，事實上只成為聲病說」、「當時（永明）所提出的只有兩個問題，即是所謂『四聲八病』」，〔註58〕則是認為「永明聲律」即為探討以「八病」來協調音韻和諧的問題。然文中卻又說「永明時只規定了平上去入四聲，而且只用於制韻，還不用於求和。」〔註59〕則對於永明時期究竟是兼論「四聲」、「八病」？抑或僅探討「四聲」，未以「八病」求和呢？郭說在此或有不明之處。我們從文意細究，郭說應該是指永明時期所發展出來的聲律理論仍是兼及「四聲」及「八病」的，如此，則郭論可立一說，亦即，永明聲律說實為以聲病調音之說，而聲病說則建立在四聲說這項當時新興的聲韻學知識上。

　　我們認為郭紹虞所提的論點已經掌握住永明聲律論的基本方向，因為「病犯論」乃是建立在「四聲」與傳統的「反切」的基礎上，所以「論病」乃是詩文聲律理論的實際應用，它隱含著對「四聲論」的認同並從而應用之。從本文前一節「四聲論」中的討論可知，沈約《四聲譜》乃在討論四字如何依聲成紐、紐字在反切上如何運用、以及四聲在雙聲疊韻及反語上如何運用等問題。也就是說，目前可見最可能是沈約的「四聲論」的理論，主要的工作乃是在建立「四聲」的體系架構，明示漢字聲調之別，而並未涉及「文筆調聲」的問題。四聲體系的發明與建構可以說是一種聲韻學上的基礎工程，唯有在這樣的基礎上，「調聲」的理論才比較有可能從而發展，「定四聲」有助於韻部、聲調的訂定和清理，因此郭紹虞說「四聲用以定韻，八病用以求和」，在「四聲」基礎上方可能建立如「八病」之類的用於協調詩文諷讀時的美感的原則。「四聲論」如何建立起來，與它立說後實際上如何應用，是兩個不同的問題。「四聲」可以用於文、筆調聲，也可以不用於調聲。它用於調聲的方式可以是我們所熟知的「病犯說」，

〔註58〕郭紹虞，〈聲律說考辨〉，頁536。
〔註59〕同前註，頁536。

也可以不是，至於最終它以何種形式介入詩文調聲的問題，則有其他客觀環境的影響，在此則不是本文問題的焦點。

至於認爲「永明聲律說」與「犯病說」不同的這個觀點，其立論的基礎在於將「聲律論」視爲一種一經提出即固定下來的理論。林哲庸在其研究中研判了主要的聲病（「八病」）提出的時間，然後檢驗沈約晚期五言詩，發現僅「上尾」一病能遵行，因而對自己所研判的「八病」提出時間提出懷疑。最終雖然認爲永明體詩律的律法雖未必一端，但可確定的卻只有前引唯一的一條。實則永明聲律說興起後，詩文調音的方法與討論蜂出，許多理論雖被提出討論，但未必全面遂被遵用，因此藉「八病」檢視實際創作以圖勘定永明律，則方法上有其不足。又，林哲庸重新勘定所得到的唯一一條「永明聲律」——「出句末字，不得與韻腳（對句末字）用同一聲調的字。但一韻到底的詩，其第一個出句末字可與韻腳押韻，其他的出句末字，也不得用與韻腳同聲調的字。」其實內容大約與八病中的「上尾」無異，也是用其所謂「消極性」的言語來規範調音原則，本質上就是聲病說。在此我們也可以瞭解，要在永明聲律中尋找外於聲病說的律法，實際上是無所著力的。這又從反面印證了郭紹虞「永明聲律說實是聲病論」的說法。

其他還有一些理由支持我們相信「聲病論」應該就是「永明聲律說」主要討論的內容了：其一，在永明聲律說興起後，我們並沒有看到聲病說之外的理論具體被提出。其二，雖然說沈約《宋書·謝靈運傳論》所提出的論點看似外於聲病說，但是它畢竟未能提出更具體的創作範式，只是一個籠統的音調錯置以求變化的概念。反過來看，聲病說雖然是「消極性」的規範，卻符合了「前有浮聲，則後需切響」的大原則，事實上也就是積極地規範「聲調求異」的方法，聲病說實際上是切合〈謝靈運傳論〉中提出的原則的，更甚者，我們應該把聲病說看作是具體落實了音韻錯置變化這個原則。如此則在整個大方向上，我們認爲以郭紹虞爲代表的說法是比較接近事實的。

雖然如此，在面對「四聲八病」以及「永明體」的問題時，郭說

卻出現了關鍵的窒礙。其說忽略了一個重要的問題，即「八病」並非一時一地之發明，亦非一人之創作，而是經過幾十年輾轉附益而成的，因此「八病」不可能全爲「永明體」所探討的內容。在這裡我們不妨提出另外一個問題，「八病」前四病（「平頭」、「上尾」、「蜂腰」、「鶴膝」）乃是討論聲調調和的問題，後四病（「大韻」、「小韻」、「旁紐」、「正紐」）乃是討論「疊韻」和「雙聲」的問題，因此，「永明體」究竟是僅僅討論四聲協調的問題？還是兼而討論雙、疊的問題呢？郭說論「八病」則以爲「永明體」兼論聲調調和及雙、疊的問題，但若八病提出的時間早晚互有不同，那麼永明體的所探討的命題果真涵蓋如此廣泛嗎？爲究此，則重新釐清「八病」提出的時間、經過，及其內容如何等問題，乃成爲一勢在必行的工作。相關這個問題牽涉到的是：「八病」實指的內容、「八病」及其在「永明詩律」發展過程中所扮演的角色，以至於各項聲病被提出討論的時間、被接納的情形。

二、「八病」提出的時間與內容

從前文的討論可以知道，聲病理論乃是永明聲律論提出後實際發展的調聲理論，探討「八病」的內容與性質，某種程度來說就是探討「永明聲律理論」的性質。也或者可以說，探討「犯病論」可以幫這我們瞭解聲律論在興起後兩百年間所具備的基本性格。在下文的敘述中，將介紹「八病」等聲病論，來說明永明聲律說的特性。首先，「八病」是一個漸漸發展的過程，並非一時一地一人所提出。其次，沈約等人與其說是提出了一個新的體式，更精確來說應該是提出了一個新的觀念，就是調聲的觀念，這個調音理論的場域實際上是開放的，因此「犯病說」帶有「家制格式」的特徵。再者，永明聲律說提出後雖然有種種「犯病說」的論述與實驗，但每一病並非都一經提出即被廣泛遵用。忌避聲病雖是一個趨勢，但被實踐的情況十分參差。最後，除了被統稱爲「八病」的病犯論外，入梁代以後，調聲的方法還有不同的演化方向，也就是開始朝「律化」發展，這則是在下文第二章中將探討的問題。

　　從這些特性來看永明聲律理論，其實也就可以看出律化詩在入唐之前，理論與實作朝哪些方向演化，而這條演化的路徑是本文所希望勾勒出來的。在往後的研究中，我們將會看到律體詩進入唐代之後的一段時間之內，其發展與變化仍舊沿襲著入唐以前的基本性格，也就是說，是繼承著過去的成績再往前邁進的。而其進展的主要特徵在於，詩律與犯病的討論其實是一直在進行的，亦即空海所說的「（沈）約、（周）顒以降，（元）兢、（崔）融以往，聲譜之論鬱起，病犯之夕爭興，家制格式，人談疾累。」〔註60〕在往後的研究中我們將繼續探討這些「家制格式，人談疾累」的現象。透過這些角度，相信可以對近體詩的演變有一番更立體的解讀。不過在進展到後續的問題之前，我們還是必須具體說明從永明時期興起聲律說之後，聲律說發展的基本性格與內容。而這個問題不得不回到我們先前所談論的早期聲律論──聲病理論。

　　「八病」實指「平頭」、「上尾」、「蜂腰」、「鶴膝」、「大韻」、「小韻」、「傍紐」、「正紐」八種病。沈約在世時已經提出討論的「犯病說」可能包含「平頭」、「上尾」、「蜂腰」、「鶴膝」、「傍紐」、「正紐」六項。以下將一一討論各病相關的問題，藉以展示聲病理論的性質。在檢討這些問題時，《文鏡秘府論》可提供較大量而有參考價值的資料。

（一）平　頭

　　列於八病第一的是「平頭病」，即「五言詩第一字不得與第六字同聲，第二字不得與第七字同聲。」〔註61〕文中的「同聲」是指「不得同平去入四聲」，〔註62〕亦即五言詩第一與第六字、第二與第七字不得同平聲，亦不得同上、同去或同入聲。〔註63〕劉善經曾引沈約言：

〔註60〕見《文鏡秘府論校注》，頁396。
〔註61〕《文鏡秘府論校注・西卷》，〈文二十八種病〉，頁402。
〔註62〕同前註。
〔註63〕「平頭」之病亦有不同的詮釋，如《文鏡秘府論校注・西卷》在解釋此病下另有一段文字說「釋曰：上句第一、二兩字是平聲，則下句第六、七兩字不得復用平聲，爲用同二句之首，即爲犯病。餘三聲皆爾，不可不避。」似將上句第一、二兩字與下句六、七兩字各

「第一、第二字不宜與第六、第七同聲。若能參差用之，則可矣。」
〔註64〕可知沈約時「平頭病」應該已經被提出討論了，而沈約可能也
就此實際發表意見。

（二）上　尾

其次是「上尾病」，指「五言詩中，第五字不得與第十字同聲。」
〔註65〕「上尾病」的原則很簡單，而此論一出，在創作上影響很大，
很快就成爲詩人嚴格忌避的聲病，劉善經云：「其銘誄等病，亦不異
此耳。斯乃詞人痼疾，特須避之。若不解此病，未可與言文也。」，
〔註66〕又云：「此爲巨病。若犯者，文人以爲未涉文途者也。」〔註67〕
「上尾」也是少數提出後即被遵用的聲病，〔註68〕在創作上的規範效
力要比其他諸病都來得強。

「八病」中第一病是謂「平頭」，但列於第二病的「上尾」病被
提出的時間或許更早。元兢《詩髓腦》謂上尾病「齊、梁以前，時有
犯者。齊、梁以來，無有犯者。」〔註69〕從齊、梁以來就成爲一個通
則，那麼它提出與討論的時間會不會更早呢？沈約謂「上尾者，文章

自爲一單位而不得同四聲。文見於「釋曰」二字後，不知是否是空
海本人的詮釋。其中又採元兢語曰：「此平頭如是，近代成例，然未
精也。欲知之者，上句第一字與下句第一字，同平聲不爲病，同上、
去、入聲一字即病。若上句第二字與下句第二字同聲，無問平、上、
去、入，皆是巨病。此而或犯，未曰知音。」此則元兢時認爲上、
下句中第二字最爲要緊，不可同四聲，第一字則標準較寬鬆，若使
用了音感效果好的平聲則無妨，但若同用上或去或入則都犯病。可
見到了元兢時平頭並分化得較細緻。但這裡我們只需掌握平頭病乃
是規範五言詩第一、二字及六、七字不同聲的大原則即可。
〔註64〕見《文鏡秘府論校注・西卷》〈文二十八種病〉，頁404。
〔註65〕見《文鏡秘府論校注》，頁405。
〔註66〕同前註，頁406。
〔註67〕同前註，頁405。
〔註68〕高木正一著，鄭清茂譯。〈六朝律詩之形成（下）〉，《大陸雜誌語文
　　　　叢書》第一輯第五冊。
〔註69〕見《文鏡秘府論校注》，頁406。

之尤疾。自開辟迄今，多懼（懼）不免，悲夫。」〔註70〕沈約所謂的「開闢」是什麼時候呢？若「齊、梁以來無有犯者」，他所謂「不免」應該是指齊以前，至少應該是永明以前吧，如果我們推論「上尾」病提出的時間在八病中是較早，或是最早的，應該不會距離事實太遠。

「上尾」所探討的調音位置，聲韻效果上位階大有過於其他諸病之處，也就是在全詩最關鍵的韻腳上。忌犯「上尾病」理由或許正如劉滔所解釋的「下句之末，文章之韻，手筆之樞要。在文不可奪韻，在筆不可奪聲。」〔註71〕「上尾」病探討與韻腳（偶數句末字）相對位置（奇數句末字）的聲調，若韻腳與奇數句末字同聲，可能會削弱韻腳聲韻效果。因此詩人很自然的會特別關注和韻腳相對位置的聲調。會認為「上尾病」被詩人運用得很早，其實也是基於相同的理由。

（三）蜂腰、鶴膝

「蜂腰」與「鶴膝」二病經常並舉，而它們提出的時間以及流行的情況可能很相近，在此宜一併討論。據《文鏡秘府論》，「蜂腰」者，乃謂「五言詩一句之中，第二字不得與第五字同聲。言兩頭粗，中央細，似蜂腰也。」〔註72〕「鶴膝」者，乃謂「五言詩第五字不得與第十五字同聲。言兩頭細，中央粗，似鶴膝也。」〔註73〕這樣的定義算是清楚了，但是後世對「蜂腰」以及「鶴膝」二病有許多質疑。郭紹虞認為《文鏡秘府論》所錄這兩說有可疑處，他所據理由有三，第一，他以為此二病與「蜂腰」、「鶴膝」的名稱沒有關係。第二，他認為永明聲律說只講兩句間的關係，此卻論到第三句。其三，他認為後來的律體詩也不以此二者為病犯。〔註74〕蓋「永明聲律說」雖是律詩的濫觴，但「永明體」與今日所認為的「律詩」並

〔註70〕同前註，頁 407。
〔註71〕同前註，頁 408。
〔註72〕同前註，頁 411。
〔註73〕同前註，頁 415。
〔註74〕郭紹虞，《中國古典文學理論批評史》上冊（北京：人民文學出版社，西元 1959 年）。

不相同，因此郭紹虞所舉的第三個理由在此可暫不論。至於所提出的第一點質疑，主要根源於對「腰」及「膝」的理解不同。劉大白認為「腰」指的是五言詩第三字，因為第三字正好在一句之「腰」的位置，而認為「膝」乃在五言詩「腰」以下第四字的位置；因而他認為「蜂腰是指第三字和第八字同聲的病」、「鶴膝是指第四字和第九字同聲的病」。〔註75〕近人吳小平也據此執說，他舉《文鏡秘府論·天卷》「調聲條」之「護腰」的「腰」，及〈西卷〉「長擷腰」的「腰」均指五言詩第三字而言，因而認為「蜂腰」乃就第三字而言，而非涉第二、五等字。依此邏輯，若以「頭、腰、膝、尾」來論一句之中的五字，便很容易認為第三、八字為五言之「腰」，而將「鶴膝」認為是「第四字與第九字避同聲」。導致這種理解的原因，與郭紹虞所提出的第二點質疑相關，都認為「永明聲律」僅講兩句之內的關係，而不涉及兩句以外的第三句，或僅就一句之內五字而論。這種說法主要依據《南史·陸厥傳》，其云：「有平頭、上尾、蜂腰、鶴膝。五字之中，音韻悉異；兩句之中，角徵不同。不可增減。」〔註76〕論者據此認為「永明體」乃是講究「兩句」（亦即「十字」）之內調音問題，同時認為「不可增減」是指就「兩句」而論，不超過兩句的範圍而論。而舊說「第五字與第十五字避同聲之謂鶴膝」已經跨越兩句之間調音的範圍，因此吳小平等人因而據以排斥《文鏡秘府論》中「蜂腰」、「鶴膝」之說。

　　關於這個問題，我們首先必須討論「永明聲律說」是否僅就「兩句」之內而論調聲。此說主要的依據是前引《南史》的段落，《南史》是唐人李延壽所撰，唐初上距永明約兩百年，李延壽的詮釋是否全然符合事實呢？觀李延壽記載有關「永明體」的文字，主要應該是沿襲《南齊書·陸厥傳》、《宋書·謝靈運傳論》以及《詩品·總論》中的文字，

〔註75〕劉大白，〈八病正誤〉，《舊詩新話》（台北：莊嚴出版社，西元1977年），頁125。
〔註76〕見《南史》48/1195。

《南齊書・陸厥傳》說：「約等文皆用宮商，以平上去入爲四聲，以此
制韻，不可增減，世呼爲『永明體』」，〔註77〕《南齊書》是由齊入梁的
蕭子顯所著，而《南史・陸厥傳》文字有雷同《南齊書》之處，應該是
因襲向《南齊書》，故《南齊書》的說法較《南史》爲可信。而《南齊
書・陸厥傳》中並無「蜂腰、鶴膝」等聲病之稱，僅指出沈約等人作文
皆調配四聲。而且，《南齊書》中論調聲亦無所謂「五字之中」、「兩句
之中」的限制。會以爲永明聲律調聲僅在五字或兩句之中，應該是得自
《宋書・謝靈運傳論》得印象：「欲使宮羽相變，低昂互節，若前有浮
聲，則後須切響。一簡之中，音韻盡殊；兩句之中，輕重悉異。達此妙
旨，始可言文。」〔註78〕文中雖提及「一簡」、「兩句」，但卻不表示調
聲僅限兩句之內，它有可能只是強調調配聲調的原則在於變化。況且「一
簡之中」與《南史》的「五字之中」不都很清楚地明示了「一句」之內
亦須調聲，未必一定是「兩句」對舉而言。而《文鏡秘府論》中謂「蜂
腰」爲五字中第二與第五字相犯，不正好符合了「一句之內調聲」的原
則嗎？此外，在早期理論中實際提到「蜂腰」、「鶴膝」之名的《詩品》
說：「至平上去入，則余病未能；蜂腰鶴膝，閭里已具」，〔註79〕在此亦
無法提供給我們更多判斷的準則。因此我們不能遽以爲永明聲律理論僅
是就「兩句之中」而論的，應該也不會只是單純地只是以一，二字相對
六、七字，以第三字對第八字，以第四字對第九字，以第五字對第十字，
如果「犯病論」的規律如此簡單，也不至於引此後來的種種誤解與異說。
反觀《文鏡秘府論・西卷》〈文二十九種病〉中，第「三與八」、「四與
九」字相犯者另有其名，而且很有可能是較晚出的說法。〔註80〕

　　會認爲「蜂腰」、「鶴膝」乃論十字中的第「三與八字」、「四與九
字」，實是忽略了聲病理論提出時的兩個具體事實：一、聲病理論所討

〔註77〕見《南齊書》52/898。
〔註78〕見《宋書》67/1779。
〔註79〕《詩品注》，頁9。
〔註80〕詳下文，頁37～38。

論問題開始於追求聲調調配與變化，變化的方式不只一端。二、聲病理論提出的初期其實有許多不同的理論在進行討論與實驗。因此，劉大白等人過於拘執永明聲律僅協調兩句的觀點有悖於病犯理論當時的實際情形。還有其他證據顯示「蜂腰」、「鶴膝」應該就是《文鏡秘府論》所說的調第「二、五字」與第「五與十五字」的關係，第一，劉善經曾引「沈（約）氏」曰：「五言之中分爲兩句，上二下三，凡至句末，必須要殺」，劉善經認爲「即其（蜂腰）義也。」〔註81〕第二，劉滔亦云：「爲其同分句之末也。……又第二字與第四字同聲亦不能善，此雖世無的目，而甚於蜂腰。」〔註82〕從文脈上看來，乃是就一句之中調「第二與四字」對比調「第二與五字」的「蜂腰」，認爲前者更爲重要。可見在劉善經以前，關於一句之中二、五兩字聲不相犯，或音節點（二、四字）不相犯的理論，也就是當時被稱爲「蜂腰」或與之概念接近的理論已經被討論了。第三，王斌是齊梁間文人，《文鏡秘府論》說：「王斌五字制鶴膝，十五字制蜂腰，並隨執用。」〔註83〕雖然其所謂「蜂腰」爲《文鏡秘府論》所言「鶴膝」，其「鶴膝」爲《文鏡秘府論》所謂「蜂腰」，但這應該只是兩病名詞上的混淆，沈約曾說：「人或謂鶴膝爲蜂腰，蜂腰爲鶴膝，疑未辨。」〔註84〕這些討論都證明「蜂腰」、「鶴膝」未必只是十字內規律性的調音。據此，我們認爲《文鏡秘府論》關於「蜂腰」、「鶴膝」的紀錄還是很可信的。

　　至於「蜂腰」、「鶴膝」二病是在何時出現的呢？前文曾引「王斌五字制鶴膝，十五字制蜂腰，並隨執用」的說法，王斌約與陸厥時代相近，〔註85〕我們應該可以推測出「蜂腰」、「鶴膝」二病犯病理論被提出的時間，至少不會晚於梁中葉。沈約作爲聲律說最早期的提倡者之一，加上前引劉善經曾引介沈約關於「五言之中分爲兩句，上二下

〔註81〕《文鏡秘府論校注》，頁412。
〔註82〕同前註。
〔註83〕見《文鏡秘府論校注》，頁416。
〔註84〕同前註，頁419。
〔註85〕見《南史》，48/1197。

三，凡至句末，必須要殺」、「人或謂鶴膝爲蜂腰，蜂腰爲鶴膝」，我們認爲沈約曾參與這兩類聲病的討論的可能性極高。而沈約說的「人或謂鶴膝爲蜂腰，蜂腰爲鶴膝」，其人會不會就是指王斌或受王斌影響的一些人呢？我們再看鍾嶸所謂「『蜂腰』、『鶴膝』閭里已具。」〔註86〕「蜂腰」、「鶴膝」二病最早由誰創制已無法確知，但至少到《詩品》完成的時候（約西元513年後不久），二病名聲應該早已在社會上有一定的知名度了。因此我們推定永明聲律說起後不久，「蜂腰」、「鶴膝」二病已經漸漸在留心調聲的文人群中漸漸被傳開。或許可以說「蜂腰」、「鶴膝」二病是在永明聲律說興起後，較早被提出研究的調聲律法，也可以說這是永明聲律理論這個大潮流中的一波理論高峰。

另有兩個現象值得一書，即從王斌以二病並論，以及沈約指出「蜂腰」、「鶴膝」二病相混淆的情形看來，兩病有可能是同時（甚至同地）提出的，至少提出的時間是極接近的，而二病流布的過程在某種程度上或許也是並行的。另外一件值得注意的事是，從王斌執用、《詩品》所用：「閭里已具」看來，到沈約臨終（西元513年）前，二病甚爲知名。而根據高木正一的統計，「鶴膝」病在永明以前，約每兩首詩就有其一犯鶴膝病，永明以後逐漸減少，六世紀後半葉甚至減少到全詩的十分之一，〔註87〕但「蜂腰」卻並未被永明以來的詩人普遍遵用。〔註88〕

我們應該討論一下鍾嶸的例子，如果他連四聲都不能區分，所謂「平、上、去、入，余病未能」，更不用提忌避「蜂腰」、「鶴膝」之病了。理論上，在四聲說未能普及之前，聲病論的推展還是很受窒礙的。到沈約臨終前，上距齊永明年間已經大約經過了二十年，聲病論討論不少，實踐的情形卻很參差。

（四）大韻、小韻

「大韻者，五言詩若以『新』爲韻，上九字中，更不得安『人』、

〔註86〕見《詩品注》，頁9。
〔註87〕見高木正一著，鄭清茂譯，〈六朝律詩之形成（下）〉，頁70。
〔註88〕同前註。

『津』、『鄰』、『身』、『陳』等字，既同其類，名犯『大韻』。」〔註89〕
簡言之，五言詩上下兩句十字之內，不得用與韻腳同韻部之字。這裡
談的已經不是調聲的問題了，而是談韻母的問題，提出避免使用與韻
腳過於雷同的字音，而削弱了韻腳的音韻效果。

　　「『小韻』詩，除韻以外，而有迭相犯者，名爲犯小韻病也。」
〔註90〕此病類似於大韻，只不過將避用同韻字的範圍規定在韻腳以外
的九字之內，也就是兩句之中，除韻腳以外的九字，不可使用同韻部
的字。劉善經則舉出所謂「小韻」之病，「如『飄飆』、『窈窕』、『徘
徊』、『周流』之等，不是病限。」〔註91〕則疊韻詞是不在小韻病之限
的。我們推測避免這種犯病的原因，應該是由於九字之內若用同韻
字，也會造成押韻一般的重複迴旋的效果，終致喧賓奪主，破壞韻腳
獨特的聲情目的。

　　大韻、小韻二病，我們認爲在八病中或許是最晚提出來的。主要
的原因是在各種記載中，我們都看不到關於這兩病有較早期的理論家
提出評論。在《文鏡秘府論》中曾引述隋代劉善經及唐人元兢對「大
韻」、「小韻」二病的評論或說明，至於較早的聲律家沈約、王斌、劉
滔等人，關於此二病的討論則付之闕如。我們只能知道劉善經以前此
二病已經成形，但卻無法探知更早的論述情形。

　　在這裡要現跳開談一談《文鏡秘府論》編寫「二十八種病」的慣
例。〈文二十八種病〉篇所列諸病中，前八病最詳，所載各家之說與
異說較多。第九病「水渾病」以下，多半只有簡要說明該病的段落，
後加上一小段題爲「釋曰」的補充文字，篇幅比起前八病精簡許多。
比較重要的是，第九病以下，空海所能引述的討論就晚至唐人元兢及
崔融二家、甚至晚到中唐皎然之論。可見第九病以下應是較晚才興起
的聲病論。如此則空海在編寫二十八病的順序上也經過一些安排，這

〔註89〕《文鏡秘府論校注》，頁424。
〔註90〕同前註，頁426。
〔註91〕同前註，頁428。

些排序雖不能完全依時序進行，但整體架構上是有早晚之別，前八病較早，九病以後爲晚。九病以下篇幅顯短，或許是因爲晚出理論較容易掌握之故，某些病連「釋曰」的補充說明都沒有，如第二十一「支離」病，及二十八「駢拇」病，都只寥寥數語說明。因此，《文鏡秘府論》關於聲病的寫作格式，大致上按照一種時序概念安排，對於各家的討論評論，則盡可能羅列有價值的抄錄，因此從編寫的格式上的確能透露出各病提出與流布的線索的。

按照《文鏡秘府論‧西卷》〈文二十八種病〉的成式，空海在簡要說明每病的概要之後，空海往往引述前人相關評論，在所引述各種材料之中又以劉善經所論最爲詳盡，往往含括沈約、王斌、或劉滔等人之說，並附實例說明，或許是劉善經在著述時刻意保留下他所能看到的前代的資料，而空海又據以援引之故。然而八病之中唯有「大韻」、「小韻」沒有留下比劉善經更早的評論。這是一個值得注意的現象，是劉善經未能見到較早的理論嗎？或是此二論興起的時間比較晚以致於沒有早期評論家參與討論呢？《文鏡秘府論》在「小韻」一病的說明之後，還引述了兩則評論，說明唐人元兢和唐代詩格《文筆式》皆以爲此病非爲巨害，〔註92〕也許此二病被認爲重要性較低，因此被討論與遵用的情形也不廣泛。在證據未充分的情況下，我們似乎只能論定此二病是在劉善經以前就提出了。而在前「八病」中只有此二病篇幅最簡，又僅此二病未見沈約、王斌、劉滔等人論述的情形來看，我們還是可以得到一種暗示，就是此二病或許是八病中較晚出的。

（五）傍紐、正紐

《文鏡秘府論》對「傍紐」、「正紐」分別所記載下來的第一條解釋均未注明出處，內容是：「傍紐詩者，五言一句之中有『月』字，更不得安『魚』、『元』、『阮』、『願』等之字，此即雙聲，雙聲即犯傍

〔註92〕見《文鏡秘府論校注》，頁428。

紐。」〔註93〕也就是五言詩一句之中忌用雙聲字。又「正紐者，五言
詩『壬』、『衽』、『任』、『入』，四字爲一紐；一句之中，已有『壬』
字，更不得安『衽』、『任』、『入』等字。如此之類，名爲犯正紐之病
也。」〔註94〕也就是在五言詩一句之中忌用同紐字的意思。「傍紐」、
「正紐」二病都是就聲母而言的，講究一句或一韻之內忌用同聲母的
字。而「傍紐」、「正紐」之名的來由，應該從「紐」的意義推究起。
所謂「一紐」，乃是四聲說創發早期，學者爲了說明同音異調字所發
明的詞語，蓋謂同一語音共有四種聲調之字，因此將同音異調的四字
視爲一組，也就是所稱的「一紐」。因此「一紐」內的四字的聲母與
韻母發音方法皆同，唯有調值升降不同。而「正」、「傍」的意義，則
是區分所用之字是否來自同紐。所謂「正紐者，謂正雙聲相犯。其雙
聲雖一，傍、正有殊，從一字紐之得四聲，是正也。若從他字來會成
雙聲，是傍也。」〔註95〕一字紐之得四聲，故四字來自同紐，稱爲「正
紐」，若非源自同紐，只是同聲母卻不同韻值的字而會成雙聲，這種
從他紐中得來的雙聲字則稱爲「傍紐」了。

　　有些學者認爲「正」、「傍」紐實是一病，而非二病，理由就在於
無論是正紐或傍紐，都是犯了聲母重複的毛病，也就是說，若犯正紐
之病，則必定落入傍紐之病中，兩者或可以「傍紐」統之。不過筆者
在這裡要持不同的看法，因爲犯正紐雖一定落於傍紐之病，但細究起
來，兩者還是有所不同，「正紐」整體的語音重複程度還是大過傍紐
的字，對於精研音韻的詩人來說，其間輕重緩急應該有所不同。在稍
後我們將要討論「傍紐」、「正紐」的異名與詮釋上諸多分歧的問題，
從二病諸多異說就可以看得出來，理論家在談論這些問題實際上是傾
向於錙銖必較，鉅細靡遺的，兩類病犯的意義還是有所區別的。

　　不過，就此二聲母病犯而言，刻意爲之的雙聲詞一般以爲不受此

〔註93〕見《文鏡秘府論校注》，頁 428。
〔註94〕同前註，頁 434。
〔註95〕同前註，頁 435。

限。劉善經云：「凡安雙聲，唯不得隔字，若『踟躕』、『躑躅』、『蕭瑟』、『流連』之輩，兩字一處，於理即通，不在病限。」〔註96〕也就是說，隔字雙聲才算犯病，元兢曰：「若不隔字而是雙聲，非病也，如『清切』、『從就』之類是也」，又「傍紐者，一韻之內，有隔字雙聲也。」〔註97〕王斌講得比較玄妙，他說：「若能迴轉，即應言『奇琴』、『精酒』、『風表』、『月外』，此即可得免紐之病也。」〔註98〕這裡其實就是指雙聲詞而言。

　　如此則「旁紐」、「正紐」之義看似清楚了，實則二病還有許多異說。這還必須分成兩部分來談，第一是異名的部分，即有將「傍」、「正」二紐說成是「大紐」、「小紐」的。關於大、小紐的問題，還有認為「大紐」、「小紐」乃是指五字之內而論或十字之內而論而區別的。第二部分則是詮釋此二病時採取根本不同的理解，認為此二紐病非單講雙聲，還旁及疊韻的問題。如此則傍紐、正紐的問題便顯得很複雜，必須進一步清理了。我們在這裡認為需要費一番功夫整理這個問題的原因，主要是認為這種詮釋上紊亂的情形並不是偶然，而是可以清楚地反應永明以來聲病論的性質。也就是聲律理論呈現「家制格式，人談疾累」的爭鳴現象，詮釋上因為時間轉變而產生變異，或未能建立起共通的規範，這是早期聲律論的特性。這一點我們在前文所檢討的「蜂腰」、「鶴膝」名稱上的混淆已經略能見其端倪，而這個問題在「傍紐」、「正紐」的問題上更顯鮮明。

　　《文鏡秘府論》在二十八種病第七病「傍紐」名下小字注曰：「亦名大紐」，〔註99〕「正紐」名下注曰：「亦名小紐」，〔註100〕是則看似大紐、小紐即傍紐、正紐之異名，如果我們勉強揣測「大」、「小」之名由來，或許「傍紐」所犯機率甚高，因為從他紐來會之雙聲字字庫

〔註96〕見《文鏡秘府論校注》，頁 432。
〔註97〕同前註，頁 431。
〔註98〕同前註，頁 429。
〔註99〕同前註，頁 427。
〔註100〕見《文鏡秘府論校注》，頁 434。

較大，而「正紐」所犯僅在一紐之內，範圍較小，當然，這純屬揣測。這樣勉強附說其實是要幫助我們理解此二病其他異說的命名原則。我們另外要注意到的是王利器在「傍紐」條注中說「傳魏文帝《詩格》、《冰川詩式》四，傍紐在正紐之後。」〔註101〕這說明在某些人的理解中，「傍、正」與「大、小」實是兩組不同的觀念，我們認爲這個分歧很值得追索。首先，我們認爲前引《文筆式》中所言「從一字紐之得四聲，是正也。若從他字來會成雙聲，是傍也」的說法應該是比較早的，該段話下還有一段說明：

> 如云：『我本漢家子，來嫁單于庭。』『家』、『嫁』是一紐之內，
> 名正雙聲，名犯正紐者也。傍紐者，如：『貽我青銅鏡，結我羅
> 裙裾。』『結』、『裙』是雙聲之傍，名犯傍紐也。〔註102〕

從「傍」、「正」的字意上說來，很能銜接沈約《四聲譜》的觀念，亦即「一字紐四聲」，將一紐內的四字視爲正紐，而其他紐的字若合成雙聲稱爲「傍紐」，在名實上都很合宜。劉善經曰：「傍紐者，即雙聲是也，譬如一韻之中已有『任』字，及不得復用『忍』、『辱』、『柔』、『蠕』、『仁』、『讓』、『爾』、『日』之類。」〔註103〕便符合這樣的原則。前引空海所記載的「傍紐」、「正紐」的第一條解釋都是符合這個原則的。元兢說：「正紐者，一韻之內，有一字四聲分爲兩處是也。」〔註104〕劉善經說：「正紐者，凡四聲爲一紐，如『任』、『荏』、『衽』、『入』，五言詩一韻中已有『任』字，即九字中不得復有『荏』、『衽』、『入』等字。……若犯此聲，則齟齬不堪讀耳。」〔註105〕都符合這樣的原則。特別的是這裡標明是「一韻之內」的犯病。

　　劉善經的另一段話：「如曹植詩云：『壯哉帝王居，佳麗殊百城。』即『居』、『佳』、『殊』、『城』，是雙聲之病也。凡安雙聲，唯不得隔

〔註101〕　同前註，頁429。
〔註102〕　同前註。
〔註103〕　同前註，頁431。
〔註104〕　同前註，頁436。
〔註105〕　同前註，頁437。

字，若『踟躕』、『躑躅』、『蕭瑟』、『流連』之輩，兩字一處，於理即通，不在病限。沈氏謂此爲小紐。」〔註106〕首先，在引用的曹植的詩句中，「佳」、「居」分屬兩句，「殊」、「城」在一句之中，因此不論是一句之內或一韻之內都爲犯病。其次，這些字都是從他紐來會成的雙聲字，而不是一紐中的字，雖是雙聲字，卻不是連用的雙聲詞，因此在這裡被視爲文病，被沈約稱爲「小紐」。或許，從他紐來會的雙聲字字音重疊度還不那麼高，因此被沈約認爲是比較小的犯病，而稱爲「小紐」。又「王彪：『譬如四壁』之『譬』、『壁』是也。沈氏亦此條謂之大紐。」〔註107〕「譬」、「壁」同紐，音值重複度高，沈約或許認爲此病較巨，稱之爲「大紐」。如此看來，則沈約的「大紐」、「小紐」與《文鏡秘府論》中的「大、小」之別正好相反了。沈約以「傍紐」爲「小紐」，「正紐」爲「大紐」，而《文鏡秘府論》則以「傍紐」爲「大紐」，「正紐」爲「小紐」。

　　前述所謂大、小之分，都是與「正」（紐）雙聲或「旁」（紐）雙聲有關的，另外一種論「大紐」、「小紐」的理路與前述不同，所謂「大」、「小」是從「一句之內」或「一韻之內」而區分的。《文鏡秘府論》中舉了一個實際的例子：

　　詩曰：「魚遊見風月，獸走畏傷蹄。」又曰：「元生愛皓月，阮氏願清風，取樂情無已，賞玩未能同。」……釋曰：「魚」、「月」是雙聲，「獸」、「傷」並雙聲，此即犯大紐。所以即是，「元」、「阮」、「願」、「月」爲一紐。今就十字中論小紐，五字中論大紐。〔註108〕

這裡「魚遊見風月，獸走畏傷蹄」，「魚」與「月」，「獸」與「傷」是旁紐雙聲，但各在一句之內，被認爲是「大紐」，在「元生愛皓月，阮氏願清風」的例子中，「元」、「阮」、「願」、「月」爲一紐，加以說

〔註106〕同前註，頁432。
〔註107〕同前註。
〔註108〕同前註，頁429。

明的是「十字中論小紐，五字中論大紐」，則「元」與「阮」、「愿」與「月」是十字之犯，則是犯小紐，而「元」與「月」，「阮」與「愿」是五字內之犯，則是犯大紐。這裡就不牽涉同紐內雙聲或旁紐而來的雙聲的問題了。

關於此二病，還有牽涉韻母的說法，所謂：

> 傍紐者，據傍聲而來與相忤也。然字從連韻，而紐聲相參，若「金」、「錦」、「禁」、「急」，「陰」、「飲」、「蔭」、「邑」是連韻紐之。若「金」之與「飲」、「陰」之與「禁」，從傍而會，是與相參之也。如云：「丈人且安坐，梁塵將欲飛。」「丈」與「梁」亦「金」、「飲」之類，是犯也。〔註109〕

劉滔也有類似的說法，〔註110〕這裡就不細究了。

從沈約到劉滔到劉善經，再到入唐之後，此二病討論莫衷一是，到此我們可以看到「傍紐」、「正紐」、「大紐」、「小紐」詮釋上複雜的現象。這說明了什麼呢？或許聲病論在流布的過程中，聲病論可能並未具有強制性的效力，因此各家可以分別制論。這或許也反應早期理論流通上並不那麼容易，很可能因爲傳抄或理解上的差異形成誤解。

總結來說，沈約等人可能提過聲病包括平頭、上尾、蜂腰、鶴膝、傍紐、正紐，也許也包含大韻、小韻，但這一點比較不能確定。

初唐盧照鄰論拘忌八病時特言沈約，〔註111〕顯示他認爲沈約與八病淵源頗深。然前引鍾嶸《詩品》「平上去入，余病未能；蜂腰鶴膝，閭里已具」，〔註112〕《詩品・總論》已道出「蜂腰」、「鶴膝」兩

〔註109〕 見《文鏡秘府論校注》，頁430。

〔註110〕 「劉滔以雙聲亦爲正紐。其傍紐者，若五字中已有『任』字，其四字不得復用『錦』、『禁』、『急』、『飲』、『蔭』、『邑』等字，以其一紐之中，有『金』音等字，與『任』同韻故也。」見《文鏡秘府論校注》，頁432。

〔註111〕 盧照鄰〈南陽公集序〉曰：「八病爰起，沈隱侯永作拘求。」見盧照鄰著，祝尚書箋注。《盧照鄰集箋注》（上海：古籍，西元1994年），頁323。

〔註112〕 見《詩品注》，頁9。

病之名，而所謂「閭里已具」，則表示這裡所指稱的兩項「文病」，在當時已有一定程度的流通，這種說法似乎暗示著「八病」的創發並非一人於一時一地所作。

我們從前文種種也已經可以得出一個大致的輪廓，就是八病實是轉轉附益而成，非一時一地或一人之作。高木正一氏以「八病」之名齊出，且關於「八病」的詳盡解釋首見於中唐時期成書的《文鏡秘府論》，因而認爲「大韻」以下四病，可能是修辭論大盛的初唐以後的產品，至於「八病」這個名詞本身在初唐以前就已經被使用的問題，則無法提出合理的解釋。〔註113〕從前文劉善經的論述看來，「八病」在當時已經廣爲人知，定已經過一段醞釀及發展的時間，不會晚至初唐才出現。

總結而論，「永明體」和「八病」的關係究竟如何呢？回應郭紹虞的說法，我們認爲永明體詩律具體的表現就是聲病論，只不過「八病」提出的早晚不同，不會一開始即全爲永明律。「永明聲律說」是在聲韻學上的一大突破，「四聲說」提出，在文學上形式主義盛行的風氣影響下，「四聲說」提出後很短的時間內，依「四聲」所建立起來的詩文調聲的「犯病說」很快地就被提出，並且在創作上被運用。因此我們可以說，「永明體」雖然不等同於以「八病」的規範寫作新體詩，但是它基本的精神就是避免五言詩的「聲病」，而其主要的目的就是要避免詩文諷誦時音韻效果不佳。至於「永明體」會被批評爲「播糅細微」、「專相凌駕」，或是有許多異說，或許都是反應了聲病論初期流布上的困難。

第四節　早期理論流行的情況

雖說「四聲」、「八病」等理論都漸漸被提出，看起來也引起一些的迴響，但是這些論調在當時畢竟是相當創新的，因此初期流行的範圍與程度有一定的限制。當時反對聲律說者亦大有人在，其中可以鍾

〔註113〕見高木正一著，鄭清茂譯。〈六朝律詩之形成（下）〉。

嶸《詩品》爲一個代表。

　　《詩品‧總論》主要批評新的聲律理論過於拘泥形式反而箝制了文學的內涵，即其所謂「使文多拘忌，傷其眞美。」〔註114〕我們今日檢視鍾嶸的看法，他說：

> 昔曹、劉殆文章之聖，陸、謝爲體貳之才，銳精研思，千百年中，而不聞宮商之辨，四聲之論。或謂前達偶然不見，豈其然乎！嘗試言之：古之詩頌，街被之金竹。故非調五音，無以諧會。〔註115〕

他以爲自古文學方家從未提出像沈約等人所倡議的四聲調配之說，理由並非沈約所說是由於「此秘未睹」的緣故，而傾向主張自古以來詩人已經發展出的調音的邏輯是專就詩歌和樂的音樂角度來切入。鍾嶸認爲古人之詩若不調節聲韻就無以被於管弦而諧會，反過來說就是認爲古人寫詩絕不會像沈約說的那樣不知聲韻爲何物，一定是經過聲律調節才能配於管弦而和諧。鍾嶸支持這種傳統的聲律態度，甚至暗示被於金竹的音樂性調節方爲正宗，「三祖之詞，文或不工，而韻入歌唱，此重音韻之義也，與世之言宮商異矣。今既不被管絃，何取於聲律耶？」〔註116〕他並認爲既然不談入樂的問題，哪有什麼聲律好談呢？反過來批評沈約等人的詩論流行的結果是士流風尙「襞積細微，專相陵駕。故使文多拘忌，傷其眞美。」〔註117〕這裡批評四聲論的流行造成詩文爲諧音而過份矯揉造作，有失自然。鍾嶸明白地提出他自己的主張：「余謂文製，本需諷讀，不可蹇礙，但令清濁通流，口吻調利斯爲足矣。」〔註118〕似乎是說只要讀起來讀來順暢、不至於蹇礙拗口就可以了，對於聲韻他認爲全無必要字斟句酌。這樣的主張是詩文調聲理論中較低的標準，反映出鍾嶸對這個問題的態度十分保

〔註114〕　《詩品注》，頁9。
〔註115〕　同前註，頁8。
〔註116〕　同前註，頁9。
〔註117〕　同前註。
〔註118〕　同前註。

守。這雖然是由於鍾嶸極其重視文章內容的價值，另外一個原因就是他實際上無法理解與掌握這一套新興起的理論。他在前段引文之後坦承「至平上去入，則余病未能，蜂腰鶴膝，閭里已具」，〔註119〕他直言「蜂腰、鶴膝」這些規範似乎已經為人們所熟悉，致於區辨字音平、上、去、入四聲對他來說則有實際的困難，這恐怕才是他反對四聲調音的主要原因。如果鍾嶸連分辨平、上、去、入尚且「不能」，就更不用談以四聲為基礎所建立起來的「蜂腰」、「鶴膝」這種犯病的問題了，從《詩品‧總論》的文脈看來，他似乎對新理論抱持靜觀其變的態度，就他自己而言，既不能分辨四聲，也就代表不能判斷是否犯「蜂腰」、「鶴膝」之病，他不僅對聲律說所採取相當保守態度，甚至對當時流行的犯病說其實一知半解。不論是他因為無由深探這些新理論，抑或是主觀的拒斥新理論的價值，都難掩他不諳新理論的事實。這足以證實四聲辨音在當時還不是一件很容易的工作。對於四聲辨音的嫻熟，恐怕要待到相當的音韻學知識發展成熟才行。這影響了聲律論發展的兩個現象，第一是聲律論無法迅速普及開來，第二則是早期的聲律理論呈現複雜紛亂，無法快速總結出統一固定的格式來。

雖然如此，鍾嶸在《詩品》中面對聲律問題而提出的部分觀念還是穿越時代而顯現出更恆常的價值來，他的見解隱含的價值是：文章首重精神內涵，專營形式上的技巧只會矯枉過正而不足取。這也透露出永明聲律理論提出後一時間文壇趨於音韻雕琢風尚的端倪。但是稍後我們也會看到，在這一波聲病論略經沈澱過後，文壇關於相關理論的鑽研漸趨緩和，除了少數批評家繼續發展或整理調聲觀念外，一般文人都漸漸走向一個共同的趨勢，也就是朝「律化」之路邁進，〔註120〕取代了聲病理論紛紛擾擾的論辨。

總體說來，鍾嶸代表了對永明時期新興起的文學聲律理論反對的立場，他反對的原因反映出新理論門檻過高，需要相當的專業知識作

〔註119〕 同前註。
〔註120〕 詳下文，頁 49～63。

基礎，因而不是那麼容易爲人所理解。

如果我們看《詩品》中所說的，提倡聲律說的王融、謝朓、沈約「三賢或貴公子孫，幼有文辯，於是士流景慕，務爲精密，襞積細微，專相陵駕」，或「蜂腰鶴膝，閭里已具」，〔註121〕或許會得到一個概念就是不論是上層士人階級或是里巷民間似乎已經很風行這樣的文學潮流了，然而眞相果眞如此嗎？永明七年（西元 488 年）《宋書》成，沈約最早的調聲理論已經大致提出，沈約也討論過「八病」的數病，而《詩品》成書約在沈約身卒（西元 513 年）稍後，仍言「至平、上、去、入，則余病未能」，聲律理論要流行起來似乎眞有其困難。四聲之發現固然重要，然四聲在文學創作上實際的應用，初期並未獲得廣泛的認同。我們看到在「四聲」接受的光譜上，呈現出像沈約、謝朓、王融等積極提倡的正面意見，也看到鍾嶸這種反對的意見。就今日可見的材料看來，一開始不能接受四聲說的人可能不少，《梁書・沈約傳》中曾記載一個故事，說梁武帝曾經問周捨（周顒之子）何謂四聲，周捨對曰「天子聖哲」是也。〔註122〕蓋「天子聖哲」四字恰好是「平、上、去、入」四聲，周捨之答可謂機巧，不過可能分辨四聲對梁武帝來說過於困難，《梁書》最終說「帝竟不遵用」。〔註123〕連雅好藝文貴爲天子的梁武帝都尚不能分辨四聲，可見「四聲」說在當時不是一套容易駕馭的知識。

儘管四聲說提出時不能快速獲得廣大的認同，如沈約、周顒、謝朓、王融等這些四聲說的標舉者，依然熱切地鑽研並發展這套聲韻理論，在這群人興致勃勃地推動之下，四聲說的研究和使用竟也在有限的空間下推展出新的路來，成爲日後新的律化詩最根本的理論基礎。雖然我們不能確定四聲在何時被廣泛地接納與應用，但從詩人的實踐看來，它的影響的確在提出的一段時間後開始產生全面

<hr>

〔註121〕《詩品注》，頁 9。
〔註122〕見《梁書》，13/243。
〔註123〕同前註。

性的影響。〔註124〕影響所及，在四聲漸漸又分出現「平聲」與「非平聲」二元分化的傾向後，創作者對「律」的概念漸漸清楚且統一起來，表現了一種潮流性的趨勢，從梁代以後日益明顯。這將是下章主要討論的問題，亦即，早期聲律理論如何漸漸收斂出一套較簡單易行的律化規範。

〔註124〕根據前文所引高木正一及林哲庸的研究，像是「上尾」一病，在永明之後少有犯病者，這表示「四聲」的辨認雖不容易，但也並非完全無法推展。

第二章　梁、陳、隋三代詩歌的「調聲」
　　　　　與調聲理論

第一節　梁代以來的「律化」與調聲

　　沈約《四聲譜》的目的很可能是想向士林解說並推廣「四聲」，而永明聲律運動也走向提倡四聲的安排，「犯病論」則是這種「安排四聲」的具體法則。「犯病論」中「平頭」、「上尾」、「蜂腰」、「鶴膝」四病調聲調，後四病則調聲母、韻母。調聲的「犯病論」基本上是調四聲，但是入梁以後，調聲理論出現其他方向的發展，其一是「平聲與非平聲（上、去、入三聲）」有二元分化的觀念出現，而且在詩歌中廣泛被應用。其二是，不同於調「第二及第五字」的「蜂腰病」，出現了另一種「調第二及第四字」的理論。這兩種念的結合，使的詩歌發生重要的轉變。

　　此時期調聲與早期聲律理論最大的不同是開始著重調節「平」與「非平」二聲，而早期聲律理論多調節「平、上、去、入」四聲的差異。調「二聲」在特定的調音位置調二聲不相犯，二聲不犯同聲，則需「平聲」與「非平聲」相對；調「四聲」則在特定調音位置求四聲不犯重，也就是以「平不犯平」、「上不犯上」、「去不犯去」、「入不犯入」為原則。

　　調二聲與調四聲雖然看似差異不大，實則調聲效果十分不同，如

果調節原則是以「平聲」相對「非平」的三聲，那麼，根本不會出現「上聲犯上」、「去聲犯去」、「入聲犯入」的情況，也就無從忌避了。以「上尾」病爲例，五言平韻詩在調二聲的「律化」法則下便無法調節四聲，因爲偶數句末字爲韻腳，皆爲平聲，若奇數句末字（除首句押韻外）皆依相對原則使用「非平」聲調，那麼自然兩句十字中第五字與第十字也不存在「上聲相犯」、「去聲相犯」和「入聲相犯」的問題。可知「律化」的趨勢已經從原理上修改了早期調節四聲的病犯理論。而這個過程正是在梁、陳、隋三代逐漸演變、發生，本章將嘗試透過數據及理論的線索來說明這個過程中的概要情況。

調二聲的作法從梁代開始漸漸興起，並在日後詩歌聲律演化上導致關鍵性的轉變，這個轉變使得詩歌聲律逐漸發展成接近我們現在所認知的「律詩」，故而在此我們將賦予「律化」一詞一個較狹義的定義，特別用以指稱調聲的詩歌走向我們今日所認知的「律詩」的這個過程。施逢雨曾簡要指出五言詩「律化」的三個指標，這些指標是依據現在所認知的唐代律詩格律歸納出來的原則：其一，一句中二、四字平、仄相對。其二，一聯中出句的第二、四、五字與對句的第二、四、五字平、仄相對（此例通稱爲「對」）。其三、前聯下句之第二、四字與後聯上句之第二、四字平、仄相同（此例通稱「黏」）。〔註 1〕下文將會透過統計數字說明這三個律化指標有其發展的過程。而這個過程也就是我們所說的「律化」。

「律化」是否符合事實呢？或者說，我們今日所理解的「詩律」（基本上包含前述「律化」的三項指標）是否就是唐人的詩律呢？蔡瑜曾經提出質疑，他認爲應該用唐人詩格作品中的調聲理論來理解唐人詩律，他並嘗試用初唐詩格作品中的調聲理論來理解唐人詩律，他並嘗試用初唐詩格作品中的調聲理論來檢視部分作品，發現這些詩歌

〔註 1〕見施逢雨。〈單句律化：永明聲律運動走向律化的一個關鍵過程〉。收入《清華學報》（西元 1999 年），29：3。此「律化」的指標在文字上稍有更動。

都合於這些規範。蔡瑜因而認爲唐人的詩律應該以詩格作品中的理論
爲依據，而非是依據後人歸納出來的「律化」法則。〔註2〕

　　對此，我們將提出一些理由來說明光用唐人詩格作品中條列式的
規範是不足以完全說明近體詩的聲律法則的。首先我們將從「詩格」一
類作品的性質探討，其次在就「詩格」作品中所記載的律法不足之處加
以辨析。就「詩格」一類的作品寫作的慣例來說，其中所記載的調聲律
法未必就是唐代詩律的反應。原因其一，以「聲病論」爲例，「詩格」
作品在討論「聲病」問題時，並不是如實記載他們所依循的聲律法則，
而是將前此的病犯法則一一羅列，再加上自己或當時新出的律法。以元
兢《詩髓腦》爲例，元兢共提出「換頭」、「護腰」、「相承」三種新病，
但《詩髓腦》仍保留傳統「八病」理論。至於這些分類細緻且名目眾多
的項目是否都被一一遵守呢？元兢論「叢聚病」說：「此又悟之者鮮矣」，
〔註3〕《文鏡秘府論》中有崔氏論「不調病」，說：「古今才子多不曉」，
〔註4〕這表示「詩格」作品所條列的調聲細則雖多，有時卻是反應調聲
理論的集合，而未必都是當時詩人寫詩調聲的實況。

　　再者，「詩格」作品所列聲病論對於詩歌聲律的反應也有不足之
處。傳統調四聲的「聲病論」和調二聲的「律化」方向不同，二者間
比較明顯的差異是表現在對一句五言中第二字與第四字的規範上。歷
史上可知的調二、四字的病犯理論，是梁代劉滔所提出的一段話，所
謂「第二字與第四字同聲，亦不能善。此雖世無的目，而甚於蜂腰。」
〔註5〕這項調聲法則雖不在八病之中，不過調聲邏輯一如犯病論。按
照「犯病論」調四聲的邏輯，則五字之中的第二字與第四字的配置，
不論是「平，平」、「上，上」、「去，去」或「入、入」，這都是病犯，
皆應避免。反過來說，第二字若是「平」，則第四字「上」、「去」、「入」

〔註2〕見蔡瑜，《唐詩學探索》，頁23～79。
〔註3〕見《文鏡秘府論校注》，頁444～45。
〔註4〕見《文鏡秘府論校注》，頁443。
〔註5〕同前註，頁412。

皆可，這是大部分初唐的詩歌所表現出來的情況。可是，在調「上、去、入」三聲時情況會變得很不一樣，因為按照調四聲的「犯病論」的邏輯，如果第二字是「上」聲，理論上第四字用「去」、「入」也都是符合標準的，而第二字用「去」，則第四聲用「上」、「入」無妨，若第二字用「入」，則第四字用「上」、「去」亦無妨。這六種配置在調四聲的「犯病論」中是適當的，可是在「律化」的標準中就不適用了，因為「律化」的規範中第二、四兩字需平、仄相對，所以這六種搭配就應該避免。

從第三章及第四章的「律句」統計數字看來，顯然唐代的人遵循的是調二聲的「律化法則」，而不是調四聲的病犯論。初唐前期存詩十首以上的九位詩人中，共有五言詩句 3,754 句，其中採用第二、四字平、仄相對的共有 3,592 句，比例高達 95.7%。〔註6〕初唐後期存詩十首以上有二十一家，五言詩句共 12,903 句，其中第二、四字用平、仄相對者有 13,474 句，比率是 95.8%。〔註7〕這樣高的比例代表什麼？在調四聲的聲病論中，第二、四字用「上去」、「上入」、「去上」、「去入」、「入上」、「入去」的六種合法配置為什麼在初唐的詩歌中消失了？這些是調四聲的聲病論無法回答的問題。綜合以上，我們認為「詩格」一類的作品一方面在寫作上常帶有「律法集合」的性質，未必就能據以作為當時詩律的標準。另一方面，「詩格」作品中提到的律法，亦未能全部解釋唐代詩歌的聲律實況。而下文也將指出「律化」則是隨著時代的變遷而越趨於明顯。

我們可以實際對照初唐的一些作品來理解。元兢是初唐最重要的一位聲律理論家，在他提出關鍵的調聲理論「換頭術」的時候，曾為我們舉出一首他親自寫作的詩歌作為範例。雖然這首詩是為「換頭」的作品提供範例，但元兢作為一個聲律理論家，這首詩應該還符合他

〔註6〕詳下文，頁 99～100。
〔註7〕詳下文，頁 130～132。

所理解到（或所接受）的當時的調聲規範，〔註8〕再配置上「換頭術」寫作而成，而這首詩也很有可能就是他心目中理想律詩的典範。根據元兢這首〈於蓬州野望〉進行聲調的分析後發現，「律化」的規律在元兢的作品中完全地體現。元兢這首〈於蓬州野望〉詩原文如下：

　　飄搖宕渠域，曠望蜀門隈。
　　水共三巴遠，山隨八陣開。
　　橋形疑漢接，石勢似煙迴。
　　欲下他鄉淚，猿聲幾處催。〔註9〕

這首詩平仄聲調分析如下：

平	（平仄）	仄	（平仄）	仄，	律句
仄	仄	仄	平	（平）。	律句
仄	（平仄）	（平仄）	平	仄，	律句
平	平	仄	仄	（平）。	律句
平	平	平	仄	仄，	律句
仄	仄	仄	平	（平）。	律句
仄	仄	平	平	仄，	律句
平	平	（平仄）	仄	平。	律句〔註10〕

〔註 8〕此說並非無據。我曾分析這首詩的四聲配置，藉以考察其中幾項「聲病」犯病的情況。所考察的聲病包括：「一字與第六字犯上、去、入」、「蜂腰」、「鶴膝」、「齟齬」、「護腰」幾項，結果發現這首詩各項犯病全無。〈於蓬州野望〉四聲的分析如下：

平	平去	去	平上	入，
去	去	入	平	平去。
上	平去	平去	平	上，
平	平	入	去	平去。
平	平	平	去	入，
入	去	上	平	平去。
入	上去	平	平	去，
平	平	平上去	上去	平。

〔註 9〕見《文鏡秘府論校注》，頁 55～56。又見張伯偉，《全唐五代詩格校考》，頁 93。
〔註10〕首句「渠」字《廣韻》作平聲，《漢語大辭典》據《集韻》補「臼許

律句比：8/8 100.0%

對比：4/4 100.0%

黏比：3/3 100.0%

在此，聲調分析中（「平仄」）代表該字有平、仄兩種讀音，本詩押平
聲韻，故韻腳平仄二讀的破音字只顯示「（平）」。這首詩不論是就單
句、聯內的「對」及聯與聯之間的「黏」都完全符合「律化」的標準。

類似這個例子的情況在當時並非特例。初唐文壇領袖李嶠有詠物
一百二十首，這百二十首的詩組被相信具有創作范式的作用，〔註11〕
在這組詩的一百二十首中，「完全」符合「律化」標準的，就有高達
一百零七首，幾乎接近全部了。這一百零七首高度律化的「律詩」出
現是聲病論無法完全解釋的。這顯示律化已經成熟到某個階段，而這
段趨勢從其他詩人的創作中也可以看見。

而元兢論「換頭」的過程中，已經明顯將「平聲」與「上去入」
分開使用，「換頭」調節五言詩每句第二字與下句第二字的關係，調
聲的原則是「平聲」與「上去入」遞用，〔註12〕雖無「仄聲」之名，
實際上就是調平、仄二聲，「換頭術」所「換」就是「平」、「仄」二
聲。這些都顯示初唐詩歌「律化」不但是一個事實，而且「律化」的
漸流漸趨強勢，到初唐後期，「律化」已然蔚為主流。〔註13〕而我們
在本節的研究中正是希望呈現這個「律化」潮流演變過程中「單句」
與「聯對」在梁、陳、隋三代發展的情況。

回到最初的問題，梁、陳、隋三代「律化」的情況如何呢？根據
施逢雨統計梁、陳、隋及北朝三十七位詩人的結果，發現「單句律化」
（一句之中二、四字相對）的現象的確存在，而且自梁以來單句律化
的程度愈趨提高。詩人使用「律句」（第二、四字平仄相對）的比率

切」去聲。見《漢語大辭典》，頁3310。

〔註11〕見葛曉音，〈創作范式的提倡和初盛唐詩的普及〉（《文學遺產》，西
元1995年，no.6）。頁30～41。

〔註12〕見張伯偉，《全唐五代詩格校考》，頁93。

〔註13〕相關統計詳下文，頁130～132。

從梁武帝前期的 75.2%提高到梁武帝中、後期的 84.7%，再上升到陳
代的 90.8%，北方及隋代詩人「律句比」也高達 85.8%。〔註14〕前文
已經說明過，兩字間若調平、仄相對，那麼就沒有「上聲相犯」、「去
聲相犯」、「入聲相犯」的問題，也不會有「平聲相犯」的問題，因此
就無法也不需要調節四聲了。從梁、陳、隋及北方詩人實際創作的情
況看來，「單句律化」的程度節節上升，到了陳代，所有詩句中竟有
90.8%的句子都是符合「二、四字平、仄相對」的原則「律句」，可見
「單句律化」的趨勢是明顯的。雖然我們不能說「單句內」已經完全
放棄調節四聲，從「單句律化」這個新趨勢看來，「調聲」的觀念已
經掙脫「調四聲」的唯一框架，很快地在梁代開始發展出新的法則。
基本上，梁、陳、隋三代的調聲觀念，應該就是兼受「調二聲」與「調
四聲」兩種觀念所影響。

　　為什麼「調二聲」的作法會很快的興起呢？這可能是因為調節「四
聲」比較困難，限制也較多的緣故。前文的敘述中已經說明過，到梁
武帝的時代，「四聲辨音」對部分詩人來說還是相對困難的。如果只
是調節「平聲」與「非平聲」的相對，不但辨音的工作相對簡單，音
調的對比性比較鮮明。從創作的角度來說，調節二聲可能是比較簡單
務實的作法。

　　「單句律化」包含兩個原則，第一是協調「平」與「非平」二聲，
第二是調音位置在一句中的「第二及第四字相對」。這兩個原則都不
是早期的聲律理論可以說明的。能不能解釋「單句律化」的觀念是如
何出現的呢？施逢雨因此針對這個問題作了一些研究，指出《文鏡秘
府論》中的兩段記載可以為「單句律化」觀念的出現提供線索，其一
是梁湝的一段話：

> 四聲之中，入聲最少。餘聲有兩，總歸一入。如：征、整、
> 政、隻、遮、者、枳、隻是也。平聲賒緩，有用處最多，參

〔註14〕見施逢雨：〈單句律化：永明聲律運動走向律化的一個關鍵過程〉，
　　　　頁306～09。

> 彼三聲，殆爲大半。且五言之內非兩則三，如班婕妤詩：「常
> 恐秋節至，涼風奪炎熱。」此其常也。亦得用一用四，若四，
> 平聲無居第四。如古詩云：「連城高且長」是也。用一，多
> 在第二，如古詩曰：「九州不足步」，此謂居其要也。〔註15〕

這段記載的發現實至爲重要，它說明了劉滔發現了詩人寫作的慣性，
那就是偏好音韻「賒緩」的平聲，而說五言詩一句之中使用「平聲」「非
兩則三」。據林哲庸對謝靈運、鮑照、謝朓、沈約的五言詩抽樣四百一
十六韻（四千百六十字）統計，發現在當時平聲字數佔四聲字數不到
百分之四十，這些詩歌使用平聲字卻多達百分之五十點二，〔註16〕詩
人好用平聲字的說法應該是正確的。前引這段話並討論了「平聲」在
五字中用一字及用四字的情形。這些都顯示詩人在創作上對平聲特別
的重視，也隱含了「平聲」與「其他三聲」不同的認知。如此，「平聲」
與「非平聲」相對的觀念出現也就不至於令人感到太意外了。

　　不過「單句律化」講究的調聲位置是第二與第四字，「八病」中
並沒有關於調此二字的說法，調二、四字的觀念又是從何而出呢？首
先，上段引文中論及一句五字中「平聲」用一字及用四字的情況，這
裡提出五字中若用四字平聲，則平聲無居第四，相反的，如用一字平
聲，則多將這唯一的平聲字置於第二字。這裡提出的理由是「居其要
也」，這就說明了詩人已經對第二字及第四字的位置特別看重。又，
杜曉勤曾指出《文鏡秘府論》前段引文之前的另一段話，說明了「調
二、四字」傳統上雖無「聲病」之名，然而調節此病確有其實，《文
鏡秘府論》原文如下：

> 又第二字與第四字同聲，亦不能善。此雖世無的目，而甚
> 於蜂腰。如魏武帝樂府歌云：「冬節南食稻，春日復北翔。」
> 是也。〔註17〕

〔註15〕見《文鏡秘府論校注》，頁413。
〔註16〕見施逢雨：〈單句律化：永明聲律運動走向律化的一個關鍵過程〉，
　　　　頁312。
〔註17〕見《文鏡秘府論校注》，頁412～413。

這段話說二、四字同聲也是調聲時必須避免的情況，而且說「此雖世無的目，而甚於蜂腰」，就是說一般論「犯病」雖然沒有對「二、四相犯」提出固定的「病」名，可是這種不佳的聲調配置詩人在寫作上也都會避免，而且創作上二、四相犯比「蜂腰」的「二、五相犯」還要嚴重。

　　這種說法有兩個重要的意義，第一，它說明了創作上「調節第二與第四字」的作法是存在的，那麼「單句律化」調「二、四」字的作法並非其來無自。第二，它說「調二、四字」雖無定名，卻比「蜂腰」調「二、五字」更重要，這說明「犯病說」不只八病，其他犯病之說也可能存在過。就詩歌律化的研究看來，這段話最重大的意義還是在於它從理論上說明了「二、四字無相犯」的觀念。

　　前引的兩段記載一方面說明了梁以來「平聲」與「非平聲」性質不同的觀念已入於人心，另一方面則說明了「調二、四字」的作法其來有自。不過留心上文中「調二、四字」的說法，未必一定是調「平、仄」二聲，也有可能是指二、四字不應同「平」、同「上」、同「去」或同「入」。文中所引用魏武帝樂府詩：「冬節南食稻，春日復北翔」一句，其中上句「節」與「食」同入聲，下句「日」與「北」同入聲，是為二、四字犯四聲。這與單句「律化」調節二、四字平仄相對不同。不過這個問題影響並不大，因為我們從前文引用的統計數字看來，至少在梁、陳、隋三代詩人實際創作上，二、四字取平、仄相對的比率全在八成以上，陳代二、四字取平、仄相對的比率更高達九成，所以創作者實際上所運用來協調單句內第二及第四字的調聲法則，調二聲已經成為主流。這也許是「平聲」與「非平聲」性質不同，加上「二、四字」應協調聲調兩種觀念結合的結果。無論如何，梁以來寫作「律化句」的比例逐漸攀高，這說明「單句律化」的趨勢是不可否認也無法忽視的。

　　「律化」還包含「聯內兩句成對」（「對」）及「相鄰兩聯成黏」（「黏」）的兩個概念。從統計資料顯示，「對」的使用從梁代前期的 38.4%，到

梁代中後期的 49.5%，再到陳代的 64.0%，〔註18〕可知聯內成「對」的觀念成熟得較晚，寫作上的普及程度不及「單句律化」，但是比例上還是逐漸升高的。根據我統計初唐詩人寫作的結果，發現聯間成「對」的比例，在初唐前期已經上升到 74.8%，而初唐後期則更高達 81.8%。〔註19〕從梁到初唐，「聯間成對」的律化趨勢也一直有所進展。所以，「律化」的第二項指標也可以確定的確在實際在創作中反映出來。至於「黏」的觀念與作法都成熟較晚，隋代以前都沒有明顯的表現，直到唐代後才開始將這個觀念引入創作，可以說是「律化」過程中最後的重要變革，但因為在梁、陳、隋三代並未提出這個觀念，因此這個問題將在後文討論唐代詩歌的律化的情況時繼續討論。

綜而言之，梁、陳、隋三代詩歌中已經表現出「單句律化」以及「聯內成對」的趨勢，這和我們理解的唐代詩律有相合之處。唐代詩律的觀念有其繼承前代之處，而「單句律化」實是律詩形式演變過程中影響至為關鍵的現象。

另外較次要的一個問題是，當我們討論「律化」的情形時，也注意到「犯病」在創作中沿用的情況。「律化」著重調二聲，而「犯病」傳統以來以協調四聲為主，「律化」的觀念是否全面取消了「調四聲」的作法呢？這必須要研究作品聲調的配置才能回答。我統計了梁、陳、隋三代五言平韻詩部分犯病的情況，〔註20〕藉以說明這個問題。統計「聲病」的項目包括傳統以來的「蜂腰」、「鶴膝」二病，以及初唐最重要的聲律理論家元兢曾提過的「平頭」中第一字

〔註18〕見施逢雨。〈單句律化：永明聲律運動走向律化的一個關鍵過程〉，頁 312。

〔註19〕詳下文，頁 99～100、130～132。

〔註20〕施逢雨〈單句律化：永明聲律運動走向律化的一個關鍵過程〉一文中研究的詩人，是在沈約等早期聲律運動家之後，梁、陳、隋三代存詩超過十首的詩人三十七家。在這裡「犯病」情況的研究中，為了與「律化」情形對照，統計上也以這些詩人為範圍。不過我主要研究五言平韻詩，因此三十七家中五言平韻詩不到十首的張率、江洪、費昶、蕭詧則不列入統計與討論。

與第六字相犯，還有「齟齬」、「護腰」二病。關於「平頭」，元兢
以為：

> 此平頭如是，近代成例，然未精也。欲知之者，上句第一
> 字與下句第一字，同平聲不為病；同上、去、入聲一字即
> 病。若上句第二字與下句第二字同聲，無問平、上、去、
> 入，皆是巨病。此而或犯，未曰知音。〔註21〕

在此我們統計第一字與第六字，並分別統計第一、六字犯平聲與犯
上、去、入三聲的情形，這是因為第二字與第六字無論犯平、上、去、
入都是犯病，而第一字卻有犯平聲「不為病」的說法，這是元兢認為
較精緻化的「平頭病」調聲法則，我們一則希望瞭解犯「平」與犯「非
平三聲」實際創作上的差異，也希望瞭解元兢之說是否為新創。「齟
齬病」並非元兢所創，初唐稍早的上官儀應該已經談過這樣的聲病，
〔註22〕不過「齟齬病」有其特殊性，因為它是調節四聲的病，所謂「一
句除第一字及第五字，其中三字，有二字相連，同上、去、入是。」
〔註23〕又，關於齟齬病還有其他值得注意的情況，即「若犯上聲，其
病重於鶴膝，此例文人以為秘密，莫肯傳授。上官儀云：『犯上聲是
斬刑，去、入亦絞刑』。」我們想要知道「齟齬病」犯上聲與犯去、
入的情況是否不同。至於「護腰」，「腰，謂五字之中第三字也。護者，
上句之腰不得與下句之腰同聲。然同上、去、入則不可用，平聲無妨
也。」〔註24〕我們也希望知道此病在唐前是否曾被應用。「蜂腰」、「鶴
膝」二病犯病的情況可以說明傳統以來的聲病是否有其影響力。第一
與第六字犯「平頭」，以及「齟齬」末「護腰」三病犯病的情形則可
以說明元兢的這些理論是否是唐人之新創，以及調四聲是否仍有影響
力。以下表列統計的結果：

〔註21〕見《文鏡秘府論校注》，頁403。
〔註22〕詳下文，頁86～87。
〔註23〕見《文鏡秘府論校注》，頁442。
〔註24〕見張伯偉，《全唐五代詩格校考》（陝西：人民出版社，西元1996年），
　　　　頁94。

表一　梁代前期

姓名 ＼ 犯病	平　頭		蜂腰	鶴膝	齟　齬		護腰
	犯平	犯上去入			犯上	犯去入	
柳　惲 465～517	12.1%	3.0%	3.0%	19.2%	0.4%	0.8%	1.5%
何　遜 ？～約518	13.9%	5.3%	1.3%	6.2%	0.0%	2.1%	2.7%
吳　均 469～520	15.3%	2.7%	1.1%	8.6%	0.5%	1.9%	3.8%
王僧儒 465～522	7.5%	3.2%	0.5%	1.4%	0.5%	1.6%	5.4%
蕭衍 464～549	14.3%	3.6%	5.1%	9.2%	1.5%	2.3%	3.1%
總　計	13.8%	3.5%	2.1%	8.3%	0.6%	1.9%	3.4%

表二　梁代中、後期

姓名 ＼ 犯病	平　頭		蜂腰	鶴膝	齟　齬		護腰
	犯平	犯上去入			犯上	犯去入	
蕭　統 501～531	12.8%	2.8%	1.4%	14.0%	1.8%	2.1%	4.6%
劉孝綽 481～539	11.1%	2.6%	1.1%	4.1%	0.1%	0.9%	3.7%
劉　緩 ？～540？	18.9%	5.7%	3.7%	4.8%	0.0%	0.5%	0.0%
劉孝威 496～549	20.1%	4.5%	1.1%	3.6%	0.4%	0.7%	1.1%
王　筠 481～549	17.7%	4.4%	0.4%	6.7%	0.0%	1.8%	7.1%
劉孝儀 484～550	14.6%	2.1%	0.0%	0.0%	0.0%	0.0%	2.1%
蕭　綱 503～551	14.5%	1.3%	0.4%	8.6%	0.3%	1.3%	3.8%
庾肩吾 487～約552	16.5%	0.3%	0.3%	3.3%	0.3%	1.3%	4.1%
蕭　繹 508～551	21.1%	2.0%	0.1%	0.9%	0.3%	1.3%	4.1%
朱超 ？～？	12.7%	0.0%	2.1%	3.6%	0.0%	1.8%	9.9%
總　計	16.2%	2.1%	0.7%	5.1%	0.3%	1.2%	3.6%

表三　陳　代

姓名 ＼ 犯病	平　頭		蜂腰	鶴膝	齟　齬		護腰
	犯平	犯上去入			犯上	犯去入	
沈　炯 502～560	18.6%	3.5%	0.6%	2.9%	0.6%	2.0%	3.5%
陰　鏗 ？～562	19.7%	0.8%	0.7%	2.0%	0.0%	0.4%	3.8%

周弘正 496〜574	11.1%	2.8%	0.0%	7.7%	0.0%	0.7%	5.6%
王　褒？〜575	23.0%	1.7%	0.0%	6.3%	0.3%	0.9%	3.8%
張正見 527？〜575？	16.0%	0.5%	1.5%	2.6%	0.3%	1.2%	2.8%
庾　信 513〜581	14.7%	0.6%	0.8%	4.2%	0.3%	1.2%	3.5%
徐　陵 507〜583	7.9%	0.7%	0.7%	7.6%	0.0%	1.2%	5.0%
江　總 519〜594	10.8%	2.6%	1.5%	0.7%	0.0%	1.5%	4.9%
陳叔寶 553〜604	16.1%	1.8%	2.5%	3.3%	0.5%	1.3%	1.8%
總　計	15.2%	1.2%	1.1%	3.7%	0.3%	1.2%	3.5%

表四　北朝及隋

犯病 ＼ 姓名	平　頭		蜂腰	鶴膝	齟　齬		護腰
	犯平	犯上去入			犯上	犯去入	
魏　收 506〜572	10.9%	1.8%	0.9%	14.3%	0.0%	0.9%	1.8%
蕭　愨？〜？	22.0%	0.0%	0.6%	3.0%	0.0%	0.0%	0.0%
盧思道 535〜586	25.6%	1.6%	0.0%	5.7%	0.8%	0.4%	3.2%
薛道衡 540〜609	13.9%	0.8%	0.8%	5.8%	0.0%	1.2%	4.1%
王　胄 558〜613	15.9%	2.3%	1.7%	5.3%	0.0%	0.6%	2.3%
楊　廣 569〜618	21.0%	2.8%	3.7%	2.8%	0.6%	1.7%	2.8%
虞世基？〜618	17.1%	1.4%	2.1%	0.0%	1.4%	0.7%	2.9%
孔德紹？〜621	24.6%	0.0%	2.6%	8.7%	0.4%	0.0%	8.8%
總　計	19.4%	1.5%	1.7%	4.9%	0.4%	0.8%	3.1%

　　這裡必須說明一下統計數值的參考標準，以「護腰」的項目來說，十字中第三字及第八字的搭配一共有十六種，〔註25〕如果完全不調節聲調，那麼第三字與第八字十六種配置中，每種搭配自然出現的機率便是 100/16，在「護腰」的例子中，犯病的搭配是「上聲相犯」、「去聲相犯」和「入聲相犯」三種，因此病犯參考標準值是 6.25%的三倍，即 18.75%，若犯病率超過這個數值，則表示詩人很有可能是不大調節

〔註25〕第三字若「平聲」，則第八字可有「平、上、去、入」四種不同的搭配，因此兩字相配共有十六種不同的組合，即 4 的平方。

這個項目的。在「護腰」的項目上，數據多半是低於 18.75% 的參考值的，可見詩人在寫作上多少有「護腰」的觀念。不過個別詩人調節護腰的情況卻十分參差，梁代中後期的王筠未護腰的比率高達 7.1%。前述王筠未護腰達 7.1%，而北朝的孔德紹則高達 8.8%，另一方面，北朝蕭愨詩中完全沒有出現未護腰的情形。在「護腰」這個項目上，並沒有發現固定的趨勢，調節與否很可能就是根據詩人自己的偏好。

在第一及第六字犯「平頭」的項目中，我們發現全部詩人用平聲相犯都在 10% 以上，梁代前期平均犯率是 13.8%，北朝及隋代犯率更高達 19.4%。這樣的數據看似平易，但實際上確有很重大的意義，因為兩字各以四聲搭配，總共會出現十六種配置情況，在毫無調節的自然情況下，第一字「平聲」而第六字亦「平聲」的機率是十六分之一，亦即 6.25%，也就是說，此病犯率在 6.25% 以下才比較能夠表示詩人或許有遵守該項調聲規律。梁、陳、隋三代「第一、六字平聲相犯」這個項目的表現普遍超過參考值 6.25%，顯示「第一字與第六字平聲相犯」並不為病，甚至到了陳代，第一字與第六字均用平聲的情形還有加強的趨勢。這個數據和「第一字及第六字」犯上、去、入三聲的比例相比更能凸顯其中的問題。在第一、六字犯上或去、入的比例明顯比犯平聲低，梁代前期這個調音位置犯上、去、入的總和，平均比率是 3.5%，北朝與隋則是 1.5%，梁、陳、隋三代詩人犯率多在 1% 至 3% 之間。若按照一般機率，二字同用「上聲」，或同「去聲」，或同「入聲」的機率應該是 6.25% 的三倍，也就是說，在完全不調節音調時，此項病犯自然發生的比率應該是接近 18.75%。但統計數據明顯偏低，顯示詩人在第一字及第六字僅調非平的三聲。

類似的情況出也發生在「齟齬病」調「上聲」及「去、入」的項目，統計數字也證實「齟齬」犯「上聲」重於犯「去」、「入」二聲。綜合以上，可知初唐元兢所提過的調聲理論並非全是他個人之獨創，而應該是受到前代詩人創作經驗的影響。

在傳統聲病「蜂腰」及「鶴膝」的項目上，我們發現「蜂腰病」

一般犯率都在 2%以下，顯示梁朝以來「蜂腰」調四聲的觀念有一定的影響力。「鶴膝病」的情況比較不一致，梁代中後期的劉孝儀與隋代的虞世基都無犯鶴膝，梁代前期的柳惲犯鶴膝高達 19.2%，北朝的魏收犯率亦達 14.3%，這樣的犯率應該是在完全不調此病的情況下才會發生。因此，「鶴膝病」被詩人遵用的情況應該也是因人而異的，似乎沒有特太絕對的強制性。

　　從前面的分析看來，梁以來至唐以前，「第一、六字不犯上、去、入」、不犯「齟齬病」、不犯「蜂腰」的觀念是存在的。這些「調四聲」的作法和「律化」調二聲的作法有無衝突呢？從兩種現象共同存在的情況看來，「調四聲」和「調二聲」的調聲方法並不是衝突的，而是在創作上同時被繼承。在「調節四聲」的「病犯」情況中，詩人往往因個人寫作的偏好有不同的選擇；然而從前文中可知「律化」的方向是普遍的，而且漸趨強化。梁以來至唐以前詩歌調聲大致的情況是如此。

　　唐代以後調四聲甚至其他的調音法則可能也是存在的，〔註 26〕不過這些調聲法則的可能性很多，個別詩人遵用個別法則的情況也未必一致。由於本文主要的工作在於研究唐詩律化的脈絡，在無法一一檢視所有調聲原則的情況下，下文關於唐代律詩格律的研究將集中在格律如何走向「律化」的這個問題上。

第二節　隋代劉善經對前代調聲理論的總結

　　梁、陳、隋三代有隋代劉善經留下許多調聲理論及記錄。劉善經以外，僅只除前述梁人劉滔關於「二聲分化」及「調節二、四字之聲調」的說法較為重要，其他並無其他特殊的聲律理論。而劉滔的說法實際上也是透過劉善經的紀錄而保留下來，因此這個時期重要的聲律理論家，可知的即是劉滔、劉善經二人，其中又以劉善經的看法保留最多。劉善經的論述可謂總結了前人關於調聲觀念的成果，同時他也

〔註26〕見蔡瑜，《唐詩學探索》，頁 23～79。

指出了在他當時聲律理論討論的一些情況，這些都有助於我們瞭解當時聲律理論發展的情形，劉善經是入唐前夕最重要的理論家，他的理論是本節主要探討的。

保存在《文鏡秘府論》中劉善經的《四聲指歸》是目前所知的隋代出現的調聲理論。〔註27〕總體說來，隋代詩歌調聲理論主要是繼承前代而來，相關理論都有一些次要的新發展。不過如前文所述，劉善經最重要的貢獻之一，就是他爲我們留下了劉滔關於「律化」觀念的說法，這使得我們在傳統的聲病論中得以理解不同於「聲病論」的格律「律化」傾向。

劉善經的調聲理論可分兩部分來談，第一部份保留在《文鏡秘府論‧天卷》〈四聲論〉中，此部分內容主要討論前人或時人論「四聲」之得失，在這篇〈四聲論〉中，劉善經闡揚推廣四聲說的立場很明顯。第二部份的理論散見《文鏡秘府論‧西卷》中〈文二十八種病〉之前八病條文以及〈文筆十病得失〉中，內容沿襲「八病」的架構，而就文筆調音的法則與實例進行論述。〔註28〕〈文二十八種病〉所論均針對調音病犯釋名並提供實例，此處記載了二十八病中劉善經對前八病的看法；另外，西卷〈文筆十病得失〉篇除了釋病犯理論之名，更集中地提供文筆犯病之「得」、「失」的範例，也就是正確與錯誤的調音範例。因此我們可以歸納劉善經的聲律理論包含兩部分：第一是理論層面，藉評論古今文人、學者的聲律理論而表現出的提倡聲律說的立場。二是實際創作的說明，藉由八病的探討以及範例說明創作時調音的原則。

王利器認爲〈文筆十病得失〉整篇出自劉善經之手，因爲〈文筆十病得失〉中的得、失諸例多與〈文二十八種病〉前八病中劉善經引用的例子相合。〔註29〕也就是說，劉善經所論〈文二十八種病〉的前八病與〈文筆十病得失〉中的理論，內容實際上是大同小異的。

〔註27〕見《文鏡秘府論校注》，頁73～111，404～437。
〔註28〕同前註。
〔註29〕同前註，頁459。

一、劉善經的「四聲論」

在《文鏡秘府論・天卷》〈四聲論〉中，劉善經主要論述的重點內容有二：一是評論前人的聲律實踐，二是評論前人的聲律觀念。但這些理論主要的目的還是在於強化四聲論的正當性，以及積極主張四聲應用於詩文調音。〈四聲論〉開宗明義曰：「論云：經案陸士衡文賦……」，〔註30〕這裡的「經」被認為是劉善經自稱，後文又時有「經謂」、「經聞」之語，中、日學者咸以為這一整篇論述就是劉善經《四聲指歸》的內容。〔註31〕

劉善經〈四聲論〉就前輩文人及文學批評家做了一番總體的評述，首先被提出討論的是三篇重要的文學評論：陸機的〈文賦〉、李充的〈翰林論〉和摯虞的〈文章志〉，他認為陸機〈文賦〉論文體詳備精闢：「文體周流，備於茲賦矣。陸公才高價重，絕世孤出，實為辭人之龜鏡。」〔註32〕他又分別盛讚李、摯二人「褒貶古今，斟酌病利，乃作者之師表」、「區別優劣，編輯勝辭，亦才人之苑囿。」〔註33〕都是肯定前代理論家的眼光與成就。但是劉善經在此主要想要突顯的，仍是前代評論家力有未殆的聲律的問題，他說陸機雖然論文體詳備，「至於四聲條貫，無聞焉爾。」〔註34〕又說李充、摯虞的文學品鑒精到，然而「其於輕重巧切之韻，低昂曲折之聲，並秘之胸臆，未曾開口。」〔註35〕接下來他細數屈、宋、揚、馬等十數名家，總結「《詩》、《騷》以後，晉、宋以前，杞梓相望，良亦多矣……然其聲調高下，未會當今。唇吻之間，何其滯歟！」〔註36〕這就是要強調新興的詩文調聲的新理論之特出與重要性，可以看出他認為詩文調聲的形式理論到近代可謂為突破性的進步。

〔註30〕同前註，頁 73。
〔註31〕同前註。
〔註32〕同前註。
〔註33〕同前註。
〔註34〕同前註。
〔註35〕同前註。
〔註36〕同前註，頁 73～74。

　　而對於詩文調聲的理論，劉善經則從沈約等人推轂四聲論，提倡
永明體繼續論說，提出了聲律說的發端。然後他介紹北朝詩文音韻之
術的發展，簡要敘述了從北魏孝文帝時甫經戰亂未遑修文，一直到孝
明帝以後聲韻抑揚、文雅大盛的過程，〔註37〕這段文字很難得地記錄
了北朝聲律理論流布的情形。北朝聲律理論何時才普遍流行起來呢？
劉善經的〈四聲論〉中說：

　　　　及肅宗御歷，文雅大盛，學者如牛毛，成者如麟角。孔子
　　　　曰：「才難，不其然呼！」從此之後才子比肩，聲韻抑揚，
　　　　文情婉麗，洛陽之下，吟諷成群。及徙宅鄴中，詞人間出，
　　　　風流弘雅，泉湧雲奔，動合宮商，韻諧金石者，蓋以千數，
　　　　海內莫之比也。〔註38〕

劉善經認為北朝是到北魏孝明帝之後，文、筆調聲的作法普遍起來。
北魏孝明帝在位的時間是西元 516～528 年，此時當南朝梁武帝天
監、普通、大通年間。

　　劉善經也同時評論了劉勰《文心雕龍》、以及鍾嶸《詩品》的聲律
論，他肯定劉勰《文心雕龍》重視音韻的態度，但認為劉勰理論雖精闢，
卻還只停留在理論的理想層次，在創作上並無法有效實踐，因此說劉勰
「理到優華，控引弘博，計其幽趣，無以間然。但恨連章結句，時多澀
阻，所謂能言之者也，未必能行之者也。」〔註39〕相對於劉勰，前文已
經說明過鍾嶸對聲律的觀念比較保守，所謂「但使清濁同流，口吻調和，
斯為足矣。至於平上去入，於病未能。」〔註40〕鍾嶸似乎認為只要依靠
詩人直觀感受來協調音韻使之流暢就足夠了，對於更系統化的調音方
法，因此說他「徒見口吻之為工，不知調和之有術」，〔註41〕直接批評
鍾嶸追求音韻調和卻完全缺乏實際的方法。劉善經繼而指出調音的方法

〔註37〕同前註，頁 80～81。
〔註38〕同前註，頁 81。
〔註39〕同前註，頁 73、90。
〔註40〕見《詩品注》，頁 9。
〔註41〕見《文鏡秘府論校注》，頁 93。

關鍵就在「四聲」:「除四聲以外,別求此道,其猶之荊者而北魯燕」,
〔註42〕說不懂四聲而想要協調音韻簡直是緣木求魚。因此在追求音韻協
暢上,劉善經認為鍾嶸不能分辨四聲簡直是華陀集藥也難起的膏肓重
症。從劉善經評論鍾嶸、劉勰二家的立場看來,他對於四聲以及運用四
聲協調文筆音韻的見解是很透徹也很成熟的。

　　可能是為了說明「四聲」是調音所必須,也為了進一步釐清四聲
的觀念,劉善經對沈約與甄琛的一次論辯發表了評論。沈約等人推廣
四聲之說,在當時是聲韻學上一個全新的觀念,大部分的人對這個說
法都一知半解或完全摸不著頭緒。甄琛便是其中之一,他說:「若計四
聲為紐,則天下眾聲無不入紐,萬聲萬紐,不可止為四也。」〔註43〕
劉善經以後見之明評論甄琛守株待兔不知變通,並對紐聲做了說明:
「平上去入者,四聲之總名也,征整政隻者,四聲之實稱也。……聲
者逐物以立名,紐者因聲以轉注。……四聲者,譬之軌轍,誰能行不
由軌乎?……四聲總括,義在於此。」〔註44〕對於古代聖王、經典均
不及四聲之說,他引沈約的答辯認為四聲與四季相調配,「四時之中,
合有其義」,〔註45〕據此說明古代經典未特別標舉出四聲的原因。就我
們今日的觀點來看,沈約四聲象於四時的說法未免穿鑿附會,只能看
做是四聲說創立初期手取合法性以求易於為人接納的一種說詞,然而
劉善經到隋代仍然不厭其煩地引述沈約說的說法,試圖強調四聲說的
合理性。這也說明了早期聲律理論提出以來,夾雜了許多與聲韻學與
創作本身不相關的問題,這些問題的討論有些還一直延續到後來。

二、次要理論繼續發展:四聲、五音說

　　四聲的觀念到隋代已經能為人廣泛接受了嗎?這個問題在稍後
劉善經對當世聲韻學家的評論中可以找到答案。劉善經評論他當時的

〔註42〕同前註。
〔註43〕同前註,頁 97。
〔註44〕同前註,頁 97。
〔註45〕同前註,頁 102。

近、當代學者包括：〈四聲贊〉作者北魏常景、《韻集》作者呂靜、《韻略》作者北齊陽休之、《音韻決疑》作者李概（季節）。其中劉善經最為推崇的是北齊太子舍人李概，他認為李概圓滿地解決了隋代最困擾的問題：「四聲」與「五音」相配的問題。他說：「經每見當世文人，論四聲者眾矣，然其以五音配偶，多不能協。」〔註46〕「四聲」與「五音」調配的問題從沈約以來就一直被提出。雖然我們可以清楚認知到「四聲」是語音音調的問題，「五音」（宮、商、角、徵、羽）是音樂上音調高低的問題，兩者實不相涉，但從沈約以來人們在說明這些概念時就有使用這兩類不同性質的術語來互相類比的作法，因此「四聲」、「五音」一直以來是相當混淆的。從劉善經的說法可知「四聲」與「五音」之間的辯證到隋時已經成為「四聲說」理論發展的焦點。也許隨著聲韻學逐步發展以及詩人創作上實際的推展，「四聲」的觀念在隋代已經很普及了，可是語音的「四聲」和音樂的「五音」兩個不同面向的問題仍夾纏不清。

隋人困擾於此其來有自，沈約等人提出四聲時常常借用五音的觀念來說明四聲，後代這種論調也一直被沿用和誤用。劉善經也記錄了在他當時人一般的認知：「王微之之制《鴻寶》，詠歌少驗。平上去入，出行閭里，沈約取以和聲之，律呂相合。」〔註47〕鍾嶸《詩品》也有「蜂腰」、「鶴膝」出於閭里的說法，但「沈約取四聲和律呂」之事搜諸史籍均不見記載，而且沈約四聲之學應是得自周顒，〔註48〕早期資料也未顯示沈約以四聲和五音之事，這個說法可能是隋代流行的誤傳。雖是誤傳，對於不諳就理的人來說，一直以來四聲、五音的問題就糾葛不清，因此沈約將出自閭里的四聲取配於五音乍聽之下似乎很合理。

可是四聲與五音畢竟是不同的概念，「四聲」、「五音」不能相應的問題要如何克服呢？劉善經認為李概圓滿地解決了這個問題，他引

〔註46〕同前註，頁 104。

〔註47〕同前註。

〔註48〕見前文，頁 13。

述李概《音韻決疑》的序言：「案《周禮》：『凡樂，圓鍾爲宮，黃鍾爲角，太蔟爲徵，沽洗爲羽。』商不合律，蓋與宮同聲也，五行則火土同位，五音則宮商同律，闇與理合，不其然乎？」〔註49〕劉善經以爲李概引證《周禮》，爲這個問題做出了圓滿的解答，說：「李氏忽以《周禮》證明，商不合律，與四聲相配便合，恰然懸同。」因此他盛讚李概，說李概是「鍾、蔡以還，斯人而已。」〔註50〕

不過，「四聲」配「五音」畢竟是調聲理論較外圍與枝節的問題，對於基本的理論體系並沒有太大的影響，文人從事創作時，只要能分辨四聲，或者有一部可堪參考的韻書，協調聲律上應該不至於遭遇太大的困難。我們從劉善經所留下來的論述看來，隋代的聲律理論大體上繼承前代的成績，並且還在繼續進行討論與建構，可以說隋代理論的發展雖大致整合了前代基本的成果，不過還沒有到達一種穩定而普遍被理解、接納的層次，而是在一個大致的基本概念下進行較次要的問題的辯論。而對創作的詩人來說，這些次要的討論應該不至於構成詩文調音的障礙，詩人未必精通於理論，僅需對創作所需的條件有基本的觀念並能操作也就足夠了。

那麼，就實際創作而言，詩人應該遵循哪些規範呢？從可見的資料看來，隋代似乎還是跟隨前代的腳步。而劉善經所談論的病犯，仍然不出傳統「八病」的範疇，其論述見於《文鏡秘府論・西卷》〈文二十八種病〉前八病，以及〈文筆十病得失〉，前已論及，兩部分的理論與內容約並無太大差異。

鑑於「八病」前文已有詳述，在此爲免繁瑣，在此僅將劉善經所論內容特別值得提出說明的部分稍做討論，以明隋代病犯理論的發展。就「平頭」病而言，劉善經引用沈約的話說：「第一、第二字不宜與第六、第七同聲。若能參差用之，則可矣。」〔註51〕所謂「參差

〔註49〕見《文鏡秘府論校注》，頁 104。
〔註50〕同前註。
〔註51〕同前註，頁 4。

用之」，也就是說第一字與第七字相犯，或第二字與第六字相犯並無關緊要，這已經區分出「平頭」病中僅第一與六字、二與七字忌相犯，此病後世的演變則更重視二、七字相犯，一、六字的規範則較鬆散。「上尾」歷來被視爲文章之尤疾，劉善經亦僅就沈約、劉滔之說法稍做引用與說明而已。〔註52〕劉善經論「蜂腰」的內容較重要，在前文中曾說明他引用了梁代文人劉滔的論述，說明了「律化」道路上兩項重要的突破與創新，其一是傳統上重視一句中之二、五字不相犯的「蜂腰」病，其重要性已經低於新興的「二、四字不相犯」的觀念，所謂「第二字與第四字同聲，亦不能善。此雖世無的目，而甚於蜂腰。」〔註53〕另外一項重要突破是調「平上去入」四聲的作法已經漸漸被調「平仄」二聲的觀念所取代，「律化」走向平仄劃分的道路，所謂：「平聲賖緩，有用處最多，參彼三聲，殆爲大半。」〔註54〕劉滔這段話被認爲是平仄二聲觀念出現的較早的記載，而這段話在劉善經的詩論中保留下來。

關於「鶴膝」的理論，主要在強調第一句及第三句句末不得犯同聲，同理，第三、五句末不得同聲。劉善經面對「鶴膝」病顯得較爲傳統與保守，他依然是「鶴膝」的擁護者：「五言之作，最爲機妙。既恆宛口實，病累尤彰，故不可不事也。」〔註55〕在隋代的調音理論中，還爲「筆」體的類「鶴膝病」創造了新的法則與名稱：「今世筆體，第四句末不得與第八句末同聲，俗呼爲踏發聲。……若不犯此病呼爲轆轤聲。」〔註56〕兩者相犯曰「踏發聲」，不犯謂「轆轤聲」，筆體「鶴膝」病在隋代屬於新的發展。另一方面也顯示「調四聲」並未與「調平仄二聲」的觀念有絕對的衝突，「調四聲」與「調二聲」極有可能是同時被詩人所接納運用的觀念。

〔註52〕同前註，頁 407～408。
〔註53〕同前註，頁 412。
〔註54〕同前註，頁 413。
〔註55〕同前註，頁 419。
〔註56〕同前註。

總結來看,隋代的聲律理論主要繼承前代理論的基本成果,而有部分較次要的發展,如論「四聲」、「五音」相配的問題,或者對「類鶴膝病」的進一步發展等等。另外,隋代聲律理論也反映出理論交替並行的現象,例如調二、四字與調二、五字的觀念並存,又例如調四聲與調二聲的作法並行等。

第三節 從創作看隋詩的「調聲」觀念

隋帝國結束三百多年的分裂,在政治上及文化上都重新營造出大一統的氣氛。由於帝國的統一,過去政治及學術南北抗衡的情形已不復存在,新時期的文人無論來自南北,理論上都效忠於同一個中央政權,反映在文學上的南北雜揉或是交互影響的狀態,文學史上喜歡用「南北融合」的觀念來說明。

在縱向歷史的演變中,隋詩也被認為在內容上以及形式上已然是為唐詩的先導。〔註57〕在近體詩發展的歷史上,初唐既然被認為是律詩奠定的時期,隋詩做為唐詩的先導,隋代詩律發展當然也吸引了當代一些學者的關注。本節稍候的研究中將藉由量化統計的分析,來說明詩「律」的觀念在隋代是一個文化上基本的觀念,詩人普遍遵循音律調節法則,並應廣泛用在各種內容與體制的詩作中。「調聲」的詩在詩人的心目中並不是一種獨立而特殊的「體式」,而是寫作詩歌即必須具備技巧。另外,本文也將指出無論是由周、齊入隋的北人,或是由梁、陳入隋的南方文人,其詩「律化」的程度並無太大的差異,所謂「南北融合」的現象,或是「南北融合」過程中可能會有的文化衝擊與文化生化,但在「詩律」這項形式框架上,其「融合」的基本工作大致已經在隋代之前完成了。在不同的文學背景中、不同的詩歌體式與內容中,隋代詩歌「律化」可以說是自然而然而且根深蒂固的

〔註57〕見呂正惠。〈初唐詩重探〉。(《清華學報》,西元 1988 年) 18：2,頁387～400。

觀念。當然，隋詩「律」的標準自有其不同於唐代律詩之處，這也是本章稍後及其他章節中會論及的問題。

在量化分析隋詩的工作上，第一個會遭遇的問題就是隋詩散佚的情形超乎想像地嚴重。以由北齊入周、隋的大詩人薛道衡（西元 540 ～609 年）為例，《隋書本傳》記載薛道衡有文集七十卷，〔註58〕但《隋書・經籍志》僅錄有三十卷，〔註59〕《舊唐書・經籍志》、《新唐書・藝文志》同錄為三十卷，〔註60〕可見薛詩在隋唐時可能已有部分散佚。今日可見薛道衡的作品，僅存詩二十一首及文七篇，分別收錄於逯欽立所纂《先秦漢魏晉南北朝詩》及清人嚴可均所輯《全上古三代秦漢三國六朝文》。〔註61〕從七十卷到僅存二十一首，可以知道薛道衡詩文散佚嚴重的情形。〔註62〕隋代其他詩人的作品所面臨的情況大同小異，《隋書》本傳及《經籍志》錄盧思道（西元 535～586 年）詩文三十卷，〔註63〕今存詩三十四首。〔註64〕與盧思道、薛道衡並稱於當世的許善心，《隋書・經籍志》記其有文集五十三卷，〔註65〕到唐代已有亡佚，今日可見僅餘四首。李德林（西元 531？～591？年）是隋代政治家、文學家，同時也是著名的史學家，他修《齊史》未成，其子李百藥（西元 565～648 年）作《北齊書》續成其志。李德林的詩文在《隋書》本傳中記載原有八十卷而遭亂亡以五十卷行世，〔註66〕但《隋書・經籍志》僅錄十卷，〔註67〕時至今日可見的詩作僅僅只有六首而已，

〔註58〕見《隋書》，57/1413。

〔註59〕見《隋書》，35/1018。

〔註60〕見《舊唐書》，47/2072。《新唐書》，60/1596。

〔註61〕見逯欽立輯校，《先秦漢魏晉南北朝詩》（台北：木鐸出版社，西元 1983 年）。

〔註62〕見嚴可均校輯，《全上古三代秦漢三國六朝文》（台北：宏業出版社，西元 1975 年）。

〔註63〕見《隋書》，57/1399，35/1081。

〔註64〕見逯欽立輯校，《先秦漢魏晉南北朝詩》，頁 2627～2638。

〔註65〕見《隋書》，42/1195。

〔註66〕同前註。

〔註67〕同前註，35/1081。

隋詩散佚的情況若此。在這的情況下，我們從事隋詩格律量化分析的工作，其結果到底有多少代表性？這個問題的確是我們無法迴避的。雖然隋詩統計結果未必具有絕對的代表性，所幸就今日殘餘少量的隋詩研究起來，可是卻已經足夠我們從中讀出一些重要的線索，昭示我們關於隋詩律化的實際情形。其中最重要的線索就是，在僅存少量的隋詩中，我們可以看出「律」是作為一種「文學基礎教養」落實在詩人各類型的詩歌創作中。我們執此論的主要依據是，隋詩不論是與宮體詩相近詠物、豔情詩，或是樂府詩，「調聲」都是詩人創作時必須的工作，這也就是說，此時詩歌全面性地調聲，而且調聲有大致的規範，而我們熟悉的「古體」與「近體」概念的分化可能是晚至初唐以後才出現的觀念。〔註68〕

　　前文已經說明過隋代詩文散佚嚴重的情形，大部分詩人僅存詩一或兩首，因此在從事量化統計時，我們選擇現存五言平韻詩十首以上的詩人六人進行量化分析。

　　在隋代詩人的群體中，比較重要的分類指標是詩人文化教養的出身，也就是詩人是出身於周、齊的北方文人，或是出身於梁、陳的南方文人。透過「南、北」文化背景的區分，以及處世時代的先後，我們研究的詩人包括三類：一、盧思道一人，他代表在隋文帝卒前下世，或在文帝卒後不久就下世，出身於北方的詩人。二、薛道衡、楊廣二人。他們代表文帝卒後繼續活躍於文壇一段時間，並出身於北方的詩人。三、王冑、虞世基、孔德紹三人。他們代表文帝卒後繼續活躍於文壇，並出身於南方的詩人。

　　在隋詩的量化分析上，參考唐代律詩以及律句的規範，來檢視隋詩與唐代律詩二者律化的接近程度，這樣做的主要原因是隋代聲律理論看不出超過前代以及後代之處。隋代國祚甚短，緊接著便進入初唐前期，因此我們相信，若依據唐代律詩律句基本的原則來分析隋詩，

────────────────

〔註68〕見蔡瑜，《唐詩學探索》（台北：里仁書局，西元 1998 年），頁 80～94。

應該能夠提供給我們具有一定價值的結果，並方便我們對照唐初詩歌律化的情況。統計結果如下表：

		律句比	對　比	黏　比	律詩比
盧思道	詩	98.4%	77.8%	30.2%	0.0%
	樂府	97.6%	71.0%	32.7%	10.0%
薛道衡	詩	99.4%	68.8%	25.8%	0.0%
	樂府	96.7%	80.0%	26.8%	0.0%
楊　廣	詩	92.1%	49.1%	11.0%	4.3%
	樂府	93.5%	54.8%	13.7%	9.1%
王　冑	詩	96.3%	77.6%	32.8%	11.1%
	樂府	100.0%	81.0%	22.2%	33.3%
虞世基	詩	95.0%	68.0%	15.8%	8.3%
	樂府	100.0%	75.0%	38.9%	0.0%
孔德紹	詩	96.5%	71.9%	28.3%	0.0%

在隋代這六家中，「律句比」一律維持了很高的比例，這顯示梁代以來「單句律化」的趨勢已經成為一種定式。從「對比」的關係看來，一聯之內兩句相對的概念也頗為成熟，使用比率約在七成。從「黏比」的關係則看得出來隋代「黏」的關係尚未形成，使用比率在二成左右。至於「律詩」則是十分稀少，大部分詩人十首作品中不到一首是「律詩」，與前述李嶠詠物百二十首中的一百零七首律詩比較起來，這顯示律詩的確是唐代才興起的新體詩歌。

　　在這些數據中值得說明的現象是，個別詩人在樂府詩和一般詩歌項目中（孔德紹無樂府詩）律化上的表現是一致的，王冑樂府詩在「律句」、「對」、「律詩」的表現上，律化程度甚至超過了一般詩歌，楊廣的樂府詩律化程度各項評比都超過一般詩歌，這種現象說明了此時期無論是樂府詩或一般詩歌，律化的程度並無太大差異，以「律句」和「對」的項目來說，「律化」的表現是十分明顯的。也就是說，隋代的調聲是寫作所有詩歌的基本技巧，體式上並無古、律之別。這也可

以支持一種想法，即古、律之別是要到初唐後期「律詩」形成主流詩
歌形式後才有的分別。

　　總論起來，隋詩表現出很高度的律化。「律句」多在百分之九十
以上，而聯內成「對」的比例則多達百分之七十左右。而且律化的現
象高度一致性地表現在一般詩歌與樂府詩體中，因而我們可以認定，
「調聲」在隋代是一種寫作的必須條件。

第三章　初唐前期「聲律」的發展與實踐

　　關於唐詩分期的問題，傳統上有初、盛、中、晚四唐之劃分。明初高棅（西元 1350～1423 年）編《唐詩品彙》於〈序〉中說：「有唐三百年詩，眾體備矣，……略而言之，則有初唐、盛唐、中唐、晚唐之不同。」〔註1〕這裡說的是「詩體」，他並認為詳細區分起來，貞觀、永徽時期屬於初唐之始，神龍至開元初是初唐之盛，開元、天寶年間是盛唐之盛，大歷、貞元為中唐之高峰，以下則屬於晚唐，而把元和時期及開成以後視為晚唐的兩次變體。〔註2〕明末徐師曾所輯，沈芬、沈騏同箋注的《詩體明辨》中則納高祖武德時期入初唐，又將中唐改訂為大歷至開成。〔註3〕這樣的分類大體上略能符合唐詩的發展，〔註4〕學界一般也接受四唐的概念。在這個分期中，玄宗開元以前是初唐，這與詩人的世代有相應之處，活躍於唐代前期的文壇大家如沈、宋、文章四友等皆在開元初年（西元 713 年）前後下世，而下一代大詩人李白、杜甫則分別在久視元年（西元 700

〔註1〕高棅，《唐詩品彙》（上海：古籍，西元 1982 年）。
〔註2〕同前註。
〔註3〕明徐師曾所輯，沈芬、沈騏同箋註。《詩體明辨》（台北：廣文出版社，西元 1982 年）。
〔註4〕見袁行霈。《中國文學史綱要》，頁 455～456。

年）、先天元年（西元 712 年）出生。

如果我們將高祖武德元年（西元 618 年）至玄宗開元元年（西元 713 年）爲初唐，在這將近一百年的漫長時間內，唐詩有許多面向的發展。就新體詩詩律來說，則可以看出大致有前、後兩期的區別。前期主要以唐太宗貞觀年爲核心，宮廷詩是主流，文學風貌基本上延續前朝。此時期代表的詩人莫過於太宗、高宗兩朝著名的宮廷詩人上官儀（西元 607～？664 年）。上官儀的五言詩在當時很受傾慕，被冠以「上官體」之名而蔚爲一時潮流，此外，他還著有詩論《筆札華梁》二卷，從他的作品及理論中很能夠反映出初唐前期詩壇的風氣。上官儀於高宗麟德元年（西元 664 年）下世，我們將前此訂爲初唐前期（下文或簡稱唐初），上官儀下世的時間，也約略是那個世代的落幕，新一代的文人如沈、宋等約在高宗、武后時期奮起於詩壇。

初唐前期詩壇以宮廷詩歌爲主流，宮廷詩和宮體詩不同，「宮廷詩」含意較廣，是指以宮廷生活爲內容的詩歌，包括奉和應制、宴會賦飲、述志抒情等題材。明人楊慎《升庵詩話》有言：「唐自貞觀至景龍，詩人之作，盡是應制。」〔註5〕此話有幾番道理。我們看《全唐詩》所收的詩篇，初唐詩冠以「奉和」或「應制」之名者洋洋大觀，根據統計，其間九十四年共收詩人 220 餘家，詩篇 2444 首，其中宮廷君臣后妃就佔 210 多家，關於宮廷範圍的詩則有 1520 首。〔註6〕初唐前期詩壇主要就是以上官儀爲代表的宮廷詩及宮廷詩人爲核心，而這種主流到了下一個世代的詩人手上則有了一些變化。所謂下一代詩人，就是指初唐基本上活躍於麟德年後的「文章四友」李嶠（西元 645？～714 年）、崔融（西元 653～706 年）、杜審言（西元 645？～708 年）、蘇味道（西元 648～705 年）、「初唐四傑」王勃（西元 650

〔註 5〕 〔明〕楊慎著，王仲鏞箋證，《升庵詩話》（上海：上海古籍出版社，西元 1987 年），卷 8。
〔註 6〕 統計見轟永華，《初唐宮廷詩風流變考論》（北京：中國社會科學出版社，西元 2002 年），頁 5。

～676？年）、楊炯（西元 650～693？年）、盧照鄰（西元 634？～686？年）、駱賓王（西元 627？～684 年）及沈佺期（西元？～713？）、宋之問（西元 656？～712？年）等詩人。

　　將初唐從麟德年約分爲前後兩期，除了詩人群組間世代的差異之外，另外一個理由就是在初唐中後期律詩發展漸漸成熟起來，這個時間點大約就在武后成爲實際的統治者之後，也就是在上官儀去世後不久。「文章四友」李嶠、崔融、杜審言、蘇味道，分別於詩律的研究、新體詩的創作上各有其地位與成就，以李嶠二十歲擢進士第爲例，四友活躍的時間都約在麟德年之後。另外，「初唐四傑」王勃、楊炯、盧照鄰、駱賓王四人中，盧、駱較早，但兩人擅長七言歌行，而較年輕的王、楊二人擅長五律，他們活躍的年代也在麟德之後。新體詩到了「四友」、「四傑」這些新一代的詩人手中更行成熟，而傳統上認爲奠定律體體式的「沈、宋」與「四友」在世的年代也相彷彿。如果我們考慮初唐近體詩發展的情況，則前期宮廷詩風盛行，律體的發展上除了王績表現出一些成就外並沒有關鍵的進展與突破，而初唐後期則是五律趨於定型的時期。從詩人的世代交替以及律體演進的情況來看，以上官儀去世作爲分界應該是一個合理的作法。

第一節　以「上官體」爲代表的文學潮流

一、「上官體」與它所代表的文學潮流

　　上官儀是太宗、高宗兩朝文學名家，兩唐書本傳內容大同小異。傳載上官儀的父親上官弘本是隋江都宮副監，大業末爲將軍陳稜所殺，「儀時幼，藏匿獲免。因私度爲沙門，遊情釋典，尤精三論，兼涉獵經史，善屬文。」〔註7〕這說明了他幼年時學養的背景。上官儀在貞觀初舉進士時名氣已經很大，《舊唐書》說：「太宗聞其名，詔授

─────────────

〔註 7〕見《舊唐書》，80/2743。

弘文館直學士，累遷秘書郎。時太宗雅好屬文，每遣儀視草，又多令繼和。凡有宴集，儀嘗預焉。」〔註8〕太宗不但喜於令他應和詩篇、參與宴集，還令他修飾自己的草稿。

　　上官儀的詩代表了當時主流文學品味與價值取向。《舊唐書》說上官儀「本以詞彩自達，工於五言詩，好以綺錯婉媚爲本。儀既貴顯，故當時多有（學）其體者，時人謂爲上官體。」〔註9〕鑑於上官儀以詩文顯貴，時人不免熱切地推敲其中的奧妙，同時爲了投主上所好而紛紛仿效，「上官體」因而成爲當時最熱門的文學潮流。「上官體」的特性是什麼呢？我們從前述新、舊《唐書》的記載不難看出「上官體」的特色在於「詞彩」與「綺錯婉媚」二端。「詞彩」的概念比較清楚，我們可以簡單理解爲華美的詞章，至於「綺錯婉媚」則需要費一番筆墨來說明。

　　兩唐書對「上官體」的描述盡於「綺錯婉媚」四字。由於「上官體」代表了初唐前期（主要是唐太宗貞觀年間）所崇尚的文學品味，因此有必要就「綺錯婉媚」一詞作一些考察。討論「上官體」具有「綺錯婉媚」之特質的研究雖不少，能確切說明四字之意含者卻不多。朱曉海曾指出「綺錯」一詞是六朝以來襲用的成詞，常被今人釋爲「藻飾」，然此解在其六朝以來使用的文化脈絡中卻不盡合理，經重新考訂，認爲自後漢班固〈西都賦〉最早使用此詞，此後至東晉中期其主要意旨乃是「以參差不齊的形式呈現出交錯的樣貌」，或是「同類異目的眾物雜匯叢交的意思」。〔註10〕自後漢至東晉期間此詞多用來形容建築形構叢攢、枝葉參差，或盤案肴饌交錯等。〔註11〕至於何以用「綺」以言「錯」？則是援用了「綺」字原始意涵：「『敧也，其文敧

〔註8〕同前註。
〔註9〕同前註。
〔註10〕見朱曉海。〈「綺錯」、「綺靡」解〉《清華學報》，西元 1995 年），25：1，頁 27～49。
〔註11〕同前註，頁 29～33。

斜,不順經緯之縱橫也。』」〔註12〕而「綺錯」的近意詞爲「林錯」、「雜錯」、「參錯」、「分錯」等。現存文獻顯示東晉以降此詞使用頻率雖減,然其詞義仍舊。這樣的解讀對我們理解「上官體」的「綺錯婉媚」頗有助益,我們或可將上官體「綺錯婉媚」的「綺錯」定爲異類同目的文辭交錯之意。

「婉媚」的定義較不容易確定。《漢語大辭典》指出兩個用法,其一見《漢書》,謂:「此兩人非有才能,但以婉媚貴幸,與上臥起,公卿皆因關說。」顏師古註曰:「婉:順也;媚,悅也」,釋義爲「柔順諂媚」。〔註13〕「婉媚」另一義是「柔美」,晉干寶《搜神記》:「婦年可十八九,姿容婉媚」。〔註14〕上官體「綺錯婉媚」當然與諂媚無關,上官體的「婉媚」也許是和「柔美」相關的概念,不過這一點實際上則不那麼確定。

分析起來,「綺錯」是寫作方法,「婉媚」是情感效果,我們在研究「上官體」寫作方法時,暫時只能偏重在「綺錯」這個特色了。如前文所述,「綺錯」的核心意義就是鋪排叢聚。

「上官體」這種同類比聚的寫作方式大爲流行,還可以從文學史上的其他線索得到呼應。唐代自高祖以來類書編纂十分盛行,武德七年歐陽詢奉詔主修的《藝文類聚》一百卷,是唐代最著名的類書之一。著名的類書另外還有虞世南的《北堂書鈔》,而許敬宗等人編著的《文思博要》內容則多達一千兩百卷。〔註15〕類書體制上以語詞、文句、典故等彙編爲主,以類相從,便於文學寫作的援引與參考。《舊唐書》關於另外一本類書《瑤山玉彩》的記載說明了編纂的方式:

> 龍朔元年,命中書令、太子賓客許敬宗,侍中兼太子右庶子許圉師,中書侍郎上官儀,太子中舍人楊思儉等於文思

〔註12〕見朱曉海引《廣雅》,頁31。

〔註13〕見《漢語大辭典(縮印本)》(上海:漢語大辭典出版社,西元1997年),頁2306。

〔註14〕同前註。

〔註15〕見《舊唐書》,47/2046。

　　殷博採古今文集，摘其英詞麗句，以類相從，勒成五百卷，
名曰瑤山玉彩。〔註16〕

類書興盛直接影響了唐初詩壇的風氣，詩人們更容易也更傾向專注於文辭的鋪比。聞一多〈類書與詩〉一文曾批評唐太宗大力提倡編修類書而導致唐初「文學學術化」，意思是指詩歌流於文辭的鋪排堆砌，浮華而缺乏內容，他也批評太宗個人的文學品味，認為他所崇尚文藻是一種「文辭上的浮腫」。〔註17〕如此看來，「上官體」鋪比的特色與當時的文學潮流是十分呼應的。而上官儀本人曾預修《瑤山玉彩》、《芳林要覽》等類書，下文也將談論到他在寫作上表現出明顯的詞句「對屬」的特徵，他的詩論《筆札華梁》有專章討論詞句屬對，而屬對本身是帶有鋪比的性質的。從諸多方面看來，上官儀的文學品味與文學觀念最能代表唐初文學的價值取向。

　　「綺錯婉媚」雖被認為是上官體主要的特徵，但學術界對「綺錯婉媚」的看法一直沒有得到很明確的答案。如果照前文所闡述，「綺錯婉媚」的意涵可能是「具有同類異目的文辭交錯的特性，而帶有一種柔美的格調」，但是這樣的答案似乎並不能令人十分滿意，因為「文辭交錯」在定義上還是過於籠統。「文辭交錯」是不是有特定的方法或規則呢？

　　關於這個問題，上官儀在《筆札華梁》的詩論著作中提供給我們很好的線索，這個線索就是其中論「屬對」的章節。《筆札華梁》是初唐第一部詳細討論「對」這個問題的著作，其中〈屬對〉篇列出「對」的種類就有九種。九類中第一類的「名對」（又名「正名對」、「名正對」、「切對」）、第五類「異類對」、第九類「同類對」（又名「同對」）的對偶原則是「詞性」相對。其次，所列的第二類「隔句對」、第三類「雙擬對」、第四類「連綿對」、第八類「迴文對」的對偶方法，除

〔註16〕見《舊唐書》，68/2828～29。
〔註17〕聞一多。〈類書與詩〉，收入朱自清等編，《聞一多全集》（台北：里仁出版社，西元 2000 年）。

了詞性、詞意相對，或使用重字外，還要關照「句法」或所對之詞在句中位置的相對應。如「雙擬對」詩例曰：「夏木夏不衰，秋陰秋未歸。炎至炎難卻，涼消涼易追。」〔註18〕其中夏與秋、炎與涼都重複用字，但它們在兩句之中還講求句法位置相對。以上七類是修辭性的對屬，而第六類「雙聲對」、第七類「疊韻對」則講求「聲對」。

值得注意的是，《筆札華梁》中另外一篇〈論對屬〉是提倡對屬的專論，其中還提出了較之前代更爲細緻劃分的事物「分類」，上官儀用「以類對之」的觀念來解釋，意思是，事物依據不同的屬性分屬於不同的類別，應該依類劃分而後對屬，所謂：

「一二三四」，數類也；「東西南北」，方之類也；「青赤玄黃」，色之類也；「風雲霜霧」，氣之類也；「鳥獸草木」，物之類也；「耳目手足」，形之類也；「道德仁義」，行之類也；「唐、虞、夏、商」，世之類也；「王侯公卿」，位之類也。

及於偶語重言，雙聲疊韻，事類甚眾，不可備敘。〔註19〕

不論是類書編纂時分類編排，或者是《筆札華梁》這裡對事物的分類，這都反應一個事實，就是唐初文學概念中，事物的歸類劃分已經更趨於嚴密細緻。這是爲什麼呢？應該是因爲文學對「對仗」的要求越來越強烈所產生的結果，對事物類別劃分越清楚，對於寫作詩文對仗越有幫助，上官儀這段話中說「事類甚眾，不可備敘」，而這些分類是在〈論對屬〉一篇中討論，其實就明了這些分類最重要的目的就是爲了對仗。在與《筆札華梁》相距不久，舊傳魏文帝所撰《詩格》中也闡述了「各從其類」的「對法」，其〈對例〉篇中就直接分爲「數之對」、「方之對」、「國之對」、「勢之對」、「姓之對」、「名之對」、「字之對」、「物之對」等類。

《筆札華梁》〈論對屬〉篇大力提倡對偶爲文學之絕對必要的手法，它開宗明義說：「凡爲文章，皆須對屬。誠以事不孤立，必有配

〔註18〕見張伯偉，《全唐五代詩格校考》，頁35。

〔註19〕同前註，頁42。

匹而成」，〔註20〕稍後說：「在於文章，皆須對屬，其不對者，只得一處、二處有之，若以不對爲常，則非復文章……故且援筆措辭，必先知對。」〔註21〕就今日的觀點看來，「凡爲文章，皆須對屬」、「若以不對爲常，則非復文章」的觀念未免有些極端，不過在唐初的文學風氣中，「對屬」似乎就是基本教義，上官儀發此言論所執的態度是毫不妥協的。我們從上官儀的理論中所得到的結論是，就詩歌來說，上官儀最重視的條件應該就是對屬。

這個論點還可以從上官儀本人的作品中得到印證。《全唐詩》中還錄有上官儀詩共二十首，其中以聯爲對仗單位，通篇皆對者就有十首，它們是〈奉和過舊宅應制〉、〈早春桂林殿應詔〉、〈奉和潁川公秋夜〉、〈八詠應制二首〉之一、〈詠雪應詔〉、〈奉和山夜臨秋〉、〈高密長公主挽歌〉、〈詠畫障〉、〈春日〉、〈從駕閭山詠馬〉。這裡舉〈奉和山夜臨秋〉一首爲例：

> 殿帳清炎氣，輦道含秋陰。淒風移漢筑，流水入虞琴。
> 雲飛送斷雁，月上淨疏林。滴瀝露枝響，空濛煙壑深。
> 〔註22〕

類似這樣的詩篇中，雙雙對屬的聯句不僅是詞類相對，句法也完全相應，也就是說這些詩完全是由聯對所寫成的。二十首中，除了以上十首全用聯句寫成的詩歌外，還有六首是像以下所引〈奉和秋日即目應制〉一樣，全詩中只有一聯沒有對偶，而且，未對偶的這一聯被安排在整首詩歌收束作結的最末聯，這一點與近體詩的對偶規範是一致的。〈奉和秋日即目應制〉詩：

> 上苑通平樂，神池邇建章。樓臺相掩映，城闕互相望。
> 緹油泛行幔，簫吹轉浮梁。晚雲含朔氣，斜照蕩秋光。
> 落葉飄蟬影，平流寫雁行。槿散凌風縟，荷銷裛露香。

〔註20〕同前註，頁 42。
〔註21〕同前註。
〔註22〕陳貽（火欣）主編，《增訂補注全唐詩》（北京：文化藝術出版社，西元 2001 年），頁 235。

　　　　仙歌臨朸詣，玄豫歷長楊。歸路乘明月，千門開未央。
　　〔註23〕

這首詩中「樓臺相掩映，城闕互相望」兩句內容相同，根本是爲了對
屬而對屬的。這些詩基本構成的方法也是聯對，只有尾聯不對屬。尾
聯不對這可能是爲遷就情意的表意而容許的妥協。另外，〈入朝洛堤
步月〉一首：「脈脈廣川流，驅馬歷長洲。鵲飛山月曙，蟬噪野風秋」
〔註24〕是在首聯不對，不過這首詩體制很小，通共只四句，「鵲飛」
一聯對偶，是表現全詩意境的焦點。在上官儀二十首作品中，尚未討
論到的三首詩是：〈酬薛舍人萬年宮晚景寓直懷友〉、〈八詠應制二首〉
之二、〈和太尉戲贈高陽公〉，這三首詩中，有兩聯不成對，以〈酬薛
舍人萬年宮晚景寓直懷友〉爲例：
　　　　奕奕九成臺，窈窕絕塵埃。蒼蒼萬年樹，玲瓏下冥霧。
　　　　池色搖晚空，巖花斂餘照。清切丹禁靜，浩蕩文河注。
　　　　留連窮勝託，夙期晞善謔。東望安仁省，西臨子雲閣。
　　　　長嘯披煙霞，高步尋蘭若。金狄掩通門，雕鞍歸騎喧。
　　　　燕姝對明月，荊豔促芳尊。別有青山路，策杖訪王孫。
　　〔註25〕

前兩聯是以第一聯之十字對第二聯十字，即「奕奕九成臺」對「蒼蒼
萬年樹」、「窈窕絕塵埃」對「玲瓏下冥霧」，是《筆札華梁》中所提
到的「隔句對」的標準範例。不對的兩聯是「金狄掩通門，雕鞍歸騎
喧」以及尾聯「別有青山路，策杖訪王孫」。整體看來，上官儀的詩
的確就是以聯對爲基本結構所寫成的，一如前引《筆札華梁》中他所
說的「在於文章，皆須對屬，其不對者，只得一處、二處有之」，我
們看他的詩完全遵行這樣的規範。
　　綜合以上的討論，「綺錯」若意味「同類異目的事物交錯的特性」，
在詩歌中，這些「同類異目的事物」主要以詞爲表現單位。而我們從

〔註23〕同前註，頁238。
〔註24〕同前註。
〔註25〕同前註，頁235～236。

上官儀的理論及創作中觀察，這些事物「交錯」的方式並不是雜亂無章的，也不是漫無限制地大量鋪陳堆砌，而是採取「對屬」的形式來排比展現。「綺錯」可以說是以對偶的方式錯置類同的事物。那麼，這樣的寫法能不能加強「婉媚」的效果呢？這裡我們願意提供一些想法來肯定這個提問。前引上官儀〈奉和秋日即目應制〉詩中，「樓臺相掩映，城闕互相望」的例子，等於是把一句話說成兩句，類似的情形還有〈奉和山夜臨秋〉中「殿帳清炎氣，輦道含秋陰」、〈酬薛舍人萬年宮晚景寓直懷友〉中「燕姝對明月，荊豔促芳尊」等，這種寫法將一句的意涵擴充爲兩句，此外，在其他的聯對中，也都要以兩句作爲一組意念來解讀，這無形中就延緩了詩歌情意的傳達。另外，因爲必須將兩句作爲一組概念來理解，比起一句一個情意概念的詩句，以聯對作單位的詩歌等於是在一個段落內給予暫時的斷句，在語氣上也會形成一種比較舒緩的效果。這些情意、語氣上的舒緩，可能在某種程度上加強了詩歌給人溫婉柔美的感受。因此，我們相信「上官體」的「綺錯婉媚」的特性，應該是「基本上以聯對的方式形構詩歌，而風味上表現出溫婉柔美的感覺」。

近體詩形成的過程中，除了協調聲律，另外一項重要的特徵就是對偶聯句的配置，從上官儀主張的「文必屬對」，我們看到了「上官體」對近體詩對仗形式的啓發與影響。

二、「上官詩」調聲機制

王昌齡《詩格》在論詩病時提到了一種新的聲病，稱爲「齟齬病」，此病「一句除第一字及第五字，其中三字同上聲及去、入聲也。平聲都不爲累，若犯上聲，重於上尾，若犯去、入聲，其病重於鶴膝。」〔註26〕《文鏡秘府論・西卷》〈文二十八種病〉第十三條「齟齬病」類同，不過《文鏡秘府論》中的齟齬病定義比較嚴明，它說：「一句除第一字及第五字，其中三字，有二字相連，同上、去、入

〔註26〕見張伯偉，《全唐五代詩格校考》，頁 167。

是。」〔註 27〕有趣的是，王昌齡《詩格》談論齟齬病時引述了上官儀的觀點說：「上官儀所謂『犯上聲是斬刑』也」，〔註 28〕《文鏡秘府論》「齟齬病」正文下亦有小注指出上官儀關於齟齬病類似的評論：「若犯上聲，其病重於鶴膝，此例文人以爲秘密，莫肯傳授。上官儀云：『犯上聲是斬刑，去、入亦絞刑』。」〔註 29〕就《文鏡秘府論》與王昌齡《詩格》記錄下來的資料而言，調聲理論到上官儀的時代已經又增加了新的觀念與方法，「齟齬病」調五言詩中二、三、四字的聲調，這是新的病犯法則。我們統計上官儀詩中犯齟齬病的結果，發現在存詩一百三十八聯中，僅有一犯者，不能不說是詩人刻意經營所產生的結果。

就「聲病」論而言，與《筆札華梁》約爲同時的《文筆式》在傳統「八病」外，還新增「水渾病」、「火滅病」、「木枯病」、「金缺病」〔註 30〕四項聲病，分別指五言詩第一、六字，二、七字，三、八字，四、九字同聲。水渾、火滅可以視同爲「平頭」病，「金缺」則在「平頭」與「二、四同聲，亦不能善」兩者兼顧下可以自然產生的結果下，因此「木枯」算是眞正新提出的理論。檢討上官儀在調節「木枯病」的表現上，存詩中僅有四犯。上官詩在唐初詩歌聲律的表現上所代表的意義我們在後文將會有繼續的探討。

第二節　唐初詩學理論所反映出的聲律變遷

一、新的調聲理論出現

《筆札華梁》是上官儀的詩論著作，據考在南宋前已佚，今人張伯偉《全唐五代詩格校考》編定的《筆札華梁》內容七章，主要依據《文

〔註 27〕《文鏡秘府論校注》，頁 442。
〔註 28〕見張伯偉，《全唐五代詩格校考》，頁 167。
〔註 29〕《文鏡秘府論校注》，頁 442。
〔註 30〕見張伯偉，《全唐五代詩格校考》，頁 60～65。

鏡秘府論》及相關記載還原出《筆札華梁》部分面貌。〔註31〕其中「八階」、「六志」兩章論詩之題旨與修辭,「論屬對」一章爲「文必屬對」的觀點立論,「屬對」一章論對偶方法,「七種言句例」條列一至七言句對偶的實例,「文病」、「筆四病」兩章論聲病。歸納起來,《筆札華梁》理論乃針對「內容」、「修辭」、「屬對」、「聲病」四個主題而發。

上官儀的詩論中以「屬對」、「聲病」的部分與我們所要探討的唐初的詩文聲律的問題有關,下文將就此二部分進行討論。《筆札華梁》所論「聲病」基本上是傳統「八病」的內容,「筆四病」討論非韻文之聲病,基本觀念也都是「八病」的運用或延伸。〔註32〕從稍早的對劉善經理論的研究中我們已經發現一種現象,就是關於聲病,詩論家經常只是引用或整理前人的理論觀點而加以繼承,但是理論家自己未必全然遵行這些條例的。這種現象在《筆札華梁》中也表現出來。因此,《筆札華梁》所載的「八病」、「筆四病」,應該暫時視爲上官儀對前代或當代理論的集錄,致於上官儀遵用「八病」的實際情況,則必須留待後續的研究繼續探索。

《文筆式》是與《筆札華梁》時間接近的另一部詩論著作。所謂「文」、「筆」,「即而言之,韻者爲文,非韻者爲筆。文以兩句而會,筆以四句而成。文繫於韻,兩句相會,取於諧和也。筆不取韻,四句而成,在於變通」,〔註33〕而「文筆式」即「文」、「筆」寫作之法式。《文筆式》確切成書的時間不詳,羅根澤、王利器認爲《文筆式》出於隋人之手,〔註34〕日人小西甚一則認爲《文筆式》與《筆札華梁》

〔註31〕同前註,頁32。

〔註32〕「筆四病」見《文鏡秘府論》〈文筆十病得失〉「其蜂腰」條下:「筆有上尾、鶴膝、隔句上尾、踏發等四病,詞人所常避也。其上尾、鶴膝與前不殊。……隔句上尾者,第二句末與第四句末同聲也。……踏發者,第四句末與第八句末同聲也。」可知「筆四病」均由「文病」的基本概念衍生而出。見《文鏡秘府論校注》,頁475~476。

〔註33〕《全唐五代詩格校考》,頁70。

〔註34〕見羅根澤。〈《文筆式》甄微〉(《中山大學文史學研究所月刊》,西元1935年),3:3。《文鏡秘府論校注》,頁475。

兩者孰先尚未可知。〔註35〕張伯偉考校《文筆式》時以對羅、王的論點提出反駁，並提出另外兩個觀點，認為《文筆式》當作於《筆札華梁》稍後，並在元兢《詩髓腦》之前，其論曰：

> （《文鏡秘府論》）〈七種言句例〉自一言句至七言句全錄《筆札華梁》，八言至十一言則錄《文筆式》，顯然是出於對《筆札華梁》的增補。又《日本國見在書目》大致按作者先後分類排列，《文筆式》乃在杜正倫《文筆要決》之下，元兢《詩髓腦》之前。〔註36〕

除此之外，比對《筆札華梁》與《文筆式》，則《文筆式》比《筆札華梁》的「對論」與「病犯論」多出了好幾種名目。在「論對」的部分，《筆札華梁》所錄的「的名對」、「隔句對」、「雙擬對」、「聯綿對」、「異類對」、「雙聲對」、「疊韻對」、「迴文對」八類，其內容與句例都與《文筆式》所錄類同，但《文筆式》還多收錄了「互成對」、「賦體對」、「意對」、「頭尾不對」、「總不對對」五類。就「文病」論而言，《文筆式》除了傳統「八病」，還多出新的「水渾病」、「火滅病」、「木枯病」、「金缺病」四項聲病，此外還有「缺偶病」、「繁說病」等兩項「文意」之病。如果《文筆式》出於《筆札華梁》之前，那麼上官儀應該不至於將這些新的理論略而不錄，理由在於上官儀對「對論」是十分專精與重視的。其次，將前人理論類同者加以引述襲用，並進而增補附益新的內容，這種習慣可以算是古書中的一種通例。〔註37〕就「對論」與「聲病論」而言，《文筆式》已經又比《筆札華梁》有更進一步的增補與發展。綜合上述，《文筆式》成書的時間應該在《筆札華梁》稍後。

　　對於《文筆式》的聲病論，我們所關心的是其中所著錄的四種新的「聲病」理論。這四種病犯論其實可以歸結成一組病犯原則，因為這些病犯的原則是相同的。其一「水渾病」是指五言詩兩句之中第一、

〔註35〕見《文鏡秘府論考》，頁42。
〔註36〕張伯偉，《全唐五代詩格校考》，頁46。
〔註37〕見余嘉錫，《古書通例》（台北：台灣古籍出版社，西元2003年）。

六字相犯，其次「火滅病」是指兩句中第二、七相犯，同理，「木枯」是指第三、八字相犯，「金缺」是指第四、九相犯。由此可以推知，第五、十字相犯應以「土」命名，「第五、十字相犯」，其實就是「上尾」病，爲免重複，《文筆式》不另外列出「土崩病」，而是在「上尾病」下註明「或名土崩病」。〔註38〕細究起來，「水渾」、「火滅」包含在傳統「八病」的「平頭」病中，「金缺」是「平頭」與「二、四同聲，亦不能善」兩者兼顧後自然所得的結果，而「土崩」即「上尾」。因此「木枯」係新提出的病犯說。下文將再談到此種新興的病犯說對近體詩格律發展的影響。

從「齟齬」、「木枯」兩種新的病犯，以及「水渾」、「火滅」、「金缺」三種新名詞的提出，我們可以看出新名詞與較次要的聲律理論在初唐前期仍然持續有所發展。

王昌齡《詩格》將「齟齬病」與「上尾」之類的重病相提並論，顯示出它被重視的程度。特別要提出說明的是，「齟齬病」的調音原則是調「四聲」而非調「二聲」，所謂「犯上聲是斬刑，去、入亦絞刑」，而把犯「上聲」看得比犯「去」、「入」二聲更嚴重，這顯示理論家對四聲的作法在種種程度上還是被繼承下來。「齟齬病」這樣調四聲而非二聲的聲病理論，直到上官儀以及稍後的王昌齡的時代都還再繼續討論，而且被應用。前文指出從梁代聲律理論家劉滔起就已經提出「平仄二元分化」的概念，此法雖然在當時已經被許多詩人接納，由唐初的聲律理論看來，「齟齬」、「木枯」、「金缺」都是調四聲而非二聲，「調四聲」的方法並不因爲平、仄二元說興起而全然被取代，而是在「律化」的大潮流下提供給詩人調音的另外一些判準的依據，而使用上則有各家之差異。

「齟齬病」被說成「文人以爲秘密，莫肯傳授」，可以說是少數詩人「密而不公」的文學技巧。理論提出之初往往是「一家之言」，

〔註38〕見張伯偉，《全唐五代詩格校考》，頁61。

或僅在小眾間流傳，廣大的知識階級未必能一徑採行。這也說明了「聲病論」被採用的情形相當參差，更重要的是，這意味著聲病也有「不被採用」的可能，或是有「不被瞭解」的情況。傳統的理論在唐初繼續被討論、應用，而新興的理論也持續在發展。即使新舊理論之間有時觀點並不一致，但它們習慣上仍然被理論家一併記錄、傳承下來。可以說理論家的工作一方面是繼承、記錄前人的成果，一方面也提出或討論新興的理論。一般說來，次要的調聲規範常常僅列爲參考。

　　在後文的分析中，我們將以上官儀爲例，說明理論家未必然實踐他們所理解到的理論。這或許可以說明詩人通常採取更爲務實的作法，「聲病」的應用有時也不是百分之百的嚴格。

　　通共整理起來，初唐前期聲律理論的進展有幾個主要現象：一、聲病論還是持續的發展，稍有新的理論出現。二、聲病論還是此時期理論的主要形式，「律化」是一直持續發展的方向，但對應的理論較少，這或許和傳統以來的理論發展的形式有關。三、聲病論依然繼承了傳統聲律理論忌避「犯重」的邏輯。四、調聲的方法上「調四聲」和「調平仄二聲」的觀念並存。五、對於「聲病論」，詩人在運用上依據個別情況往往有不同程度的取捨。

二、「對論」興起

　　《筆札華梁》中較顯目且更重要的理論應該是它所提出的「對論」。「對論」所討論的乃是行文「屬對」的類型與方法。唐初以前的文論作品顯少將屬對之法闢出專門的章節討論，而初唐前期詩格作品中，則開始出現以專章形式討論「屬對」之方法的現象，《筆札華梁》及大約同時期的《文筆式》、託名魏文帝的《詩格》中，「對論」開始成爲文學理論集中探討的焦點。唐以前，有《文心雕龍·麗辭篇》是專論「對偶」的篇章，〈麗辭篇〉關於「屬對」的理論比較簡單，其內容首先提出屬對是文學的必要手段，其次將對偶簡單分爲四類：「言

對為易，事對為難，反對為優，正對為劣。」〔註39〕在四種類型的「對」提出之後，繼而舉出四種對的實例，最後就四種對的特質稍微提出說明。與唐初的對論比較起來，劉勰的理論與分類都簡單得多。《文心雕龍》與唐初的「詩格」類的作品主要功能並不相同，唐初的「詩格」不止提出文學創作的理論，它們還有一種重要的功能，就是提供給詩人創作時作為摹寫、參考的範本，因此唐初「詩格」的寫作方法與純粹作為理論的《文心雕龍》有所不同。唐初「詩格」類的著作論「對」的特色是「對偶」類型分化得更細緻，同時每種類型的對偶都附有實際可供學習的範例，比起《文心雕龍》的四種對，《筆札華梁》舉出九種對，舊提為魏文帝撰而實為唐初作品的《詩格》中可見的「對」至少有十種，而《文筆式》則共有舉出十三種「對」。可以說「為對偶的類型做明確的分類並列舉實例」就是唐初「詩格」主要任務之一。而唐初「詩格」類作品中集中、廣泛地討論的結果，就是「對論」在唐初成為詩學上的一大特色。集中探討「對」的問題可以說是唐初詩論的共通現象，這種共通性在文學史上還是第一次。

「對論」興起與唐初注重詞藻堆疊的審美風尚應該有絕對的關係。我們檢討的對範圍以與《筆札華梁》大約同時的《文筆式》，以及另外一部大約同時而托名魏文帝的《詩格》為主。另有敦煌出土殘卷《詩格》，雖然寫作時間大約也在此時，但因已成斷片殘文，寥寥數十字中比起前述幾部著作內容少又無新意，因此不予討論。

如果前文推定《筆札華梁》與《文筆式》成書先後的結論是正確的，那麼《筆札華梁》就是唐初第一部大規模探討「對論」的著作，它很成功地提供了文學寫作的一套參考模式，對於有心寫作的人來說，《筆札華梁》的對論，是比任何前代的文論都更具有工具書的價值。同時，它也提供了一個基本的編寫范式，稍後的類似作品大體上都沿襲《筆札華梁》的編寫模式。

〔註39〕劉勰著，周振甫注，《文心雕龍註釋》（北京：人民文學出版社，西元1998年），頁384。

　　《筆札華梁》〈屬對篇〉所列「對」的種類共有九種，其中第六類「雙聲對」、第七類「疊韻對」的對偶是「聲對」。《詩格》和《文筆式》中，比起《筆札華梁》論對還多出兩種新的名目，一曰「頭尾不對」，二曰「總不對對」。《文筆式》、《詩格》對「頭尾不對」均無解釋，僅列詩例：

　　　　俠客倦艱辛，夜出小平津。馬色迷官吏，雞鳴起戍人。鮮
　　　　露華劍影，月照寶刀新。問我將何去，北海就孫賓。〔註40〕

從詩文看來，「頭尾不對」應解讀為「首聯及尾聯無對」，在這首詩中，恰好是中間兩聯對仗，而首、尾聯不對仗的。《文鏡秘府論・東卷》所列〈二十九種對〉中並無「頭尾不對」一條，而是在第二十八種對「疊韻側對」的說明後紀錄了相似的內容：「今江東文人作詩，頭尾多有不對，如：『俠客倦艱辛，夜出小平津。馬色迷官吏，雞鳴起戍人。鮮露華劍影，月照寶刀新。問我將何去，北海就孫賓。』」〔註41〕可惜的是，文中所謂「頭尾多有不對」的「江東文人」是哪些人？而「今」又是指什麼時候？這些都無從得知了。

　　另外一種「對」，《文筆式》名為「總不對對」，乃指通篇均無對屬，以沈約〈別范安成〉詩為範例：

　　　　平生少年日，分手易前期。及爾同衰暮，非復別離時。勿
　　　　言一樽酒，明日共難持。夢中不識路，何以慰相思？〔註42〕

這首詩通篇無對，因名「總不對」。然既通篇無對，《文筆式》又名之為「總不對對」，意若「通篇無對」的「對」，語意上看來似有矛盾，不過托名魏文帝所撰《詩格》提供給我們一個解答，同樣的一首詩《詩格》中列為「俱不對例」，就是「通篇無對」的詩例，《文筆式》應該只是為了搭配前述十二種「對」而將「總不對」冠以「對」之名，實際上就是「無對」。《文鏡秘府論・東卷》〈二十九種對〉

〔註40〕見《全唐五代詩格校考》，頁53、86。
〔註41〕同前註，頁267。
〔註42〕《文筆式》文見《全唐五代詩格校考》，頁54。《詩格》文見同書，頁87。

第二十九種就是「總不對對」，並結論說：「此總不對之詩，如此作者，最爲佳妙。」〔註43〕看來「總不對」也成爲「對法」中所關注的一種境界。

　　前述敦煌殘卷斯三○一一號《詩格》被認爲極可能是童蒙習書，側面透露出這些詩格作品流行的層面很普及，殘文中比較完整的是「七對」的名目，其次序與《文鏡秘府論・東卷》〈二十九種對〉的前七種對完全一致，因此，這些「對論」很可能是時人之通說。總結來說，唐初的「對論」較之前朝不但分類更行細緻，且名目日益繁多，同時透過詩格類作品的流傳，這些記載在詩格中的詩學觀念可能比前代都要廣泛爲人所悉知。

　　總結說來，初唐前期的詩學理論以討論「屬對」的理論爲大宗，聲律理論的發展相形之下顯得較爲沈寂。

第三節　王績與初唐前期的律化實踐

　　王績詩歌的研究在當代得到頗豐碩的成果，其關鍵原因之一在於七○年代《王無功文集》五卷本的發現。五卷本比原來通行的四庫本多出約一倍的內容，這些新發現的內容對於我們理解王績的作品提供了許多有利的資料。〔註44〕五卷本得到較完善的較刊後，學者對王績的生平、思想、詩歌都提出了許多新的觀點，而在近體詩格律的表現上，王績的地位與影響也被提出來做了一番新的檢討。

　　在聲律的問題上，關於王績比較新穎的論點是認爲他在詩律演化過程中具有關鍵突破的地位，因此在詩律演化歷史上的地位也被大幅提高。在唐初近體詩格律未確立的時代，王績被認爲已經超越時代的

〔註43〕《文鏡秘府論校注》，頁269。
〔註44〕新發現的五卷本有兩種，一是清同治乙丑重陽陳氏晚晴軒抄本，二是東武李氏研錄山房抄本。見張錫厚〈關於《王績集》的流傳與五卷本的發現〉，收入《中國古典文學叢論》。（北京：人民文學出版社，西元1984年。）

風氣，律化程度遠超越同時的其他詩人。杜曉勤認為王績是唐初律化意識最強烈的詩人，其論述乃根據他就《王無功文集》五卷本統計的結果所得。〔註45〕杜曉勤並將王績在新體詩聲律上突出的成就歸因於王績對庾信新體詩聲律技巧的繼承和發展。〔註46〕另外一位極力抬高王績在五律發展史上地位的是王志華，他統計王績 143 首詩歌，其中有合格的五律 14 首，五絕 13 首，排律 5 首，準近體五言詩 1 首，王志華據此認為王績已寫出了成熟的五律，而認為「完全可以說王績是隋唐之際全力以赴寫作近體詩歌的詩人，也是隋唐之際近體詩歌寫作成就最高的詩人。」〔註47〕他進而認定舊說五律奠基於沈、宋的說法應予推翻，主張「近體詩歌奠基之功應歸於王績」。〔註48〕

　　前述兩種觀點都認為王績在唐初是「律化」程度最高的詩人，在格律的發展上是領先時代潮流的先知型的人物。如果這個論點被認可，那麼五言近體格律確立的問題將會受到很大幅度的修正，即近體詩格律奠定將提早大約三十年到五十年。

　　要釐清這個命題，主要牽涉到幾個層面的問題：一、王績的詩歌律化的程度。相關問題包括王績詩歌律化是否大幅度超越同時期其他詩人？其律化表現在哪些具體的指標上？二、確定了上述的問題後，繼而必須界定「五言近體格律定型」的條件是哪些，在依此標準檢閱王績是否符合這些條件。透過這些分析，方能將王績在五言近體詩形式發展中的地位與意義較明確地標示出來，對五言近體格律定型或「律化」完成的問題才能得到更合理的答案。本節希望透過初唐前期律化的統計分析來說明初唐前期律化的進展以及王績在律化過程中的定位。

〔註45〕見杜曉勤，《齊梁詩歌向盛唐詩歌的嬗變》（台北：商鼎文化出版社，西元 1996 年）。
〔註46〕同前註，頁 20～30。
〔註47〕王志華。〈五言詩奠基者舊說應予推翻──重評王績在詩歌史上的地位〉，收入《晉陽學刊》（西元 1990 年，no.3）。
〔註48〕同前註。

一、「律化」統計的標準

　　從前章對隋代詩歌的分析可知，「律化」（尤其是「律句」的應用）在隋代已經成爲五言詩寫作的基本觀念，〔註49〕在可見的作品中，大致都遵循一定的「律句」與「律聯」的法則，只不過當時的形式還不像後代的律詩具有那麼固定的格式。亦即到隋代爲止，「律化」已經一定程度落實在「律句」與「律聯」（標準較寬鬆）的形式上，而「黏」的觀念在隋代尚未成形。從隋詩到「律詩」定型，其間還差了兩個關鍵步驟，其一是「律聯」形式加以固定，其二是「黏」（律聯的排列組合方法）的觀念被提出與遵用。因此，我們將主要就這兩個指標來辨認唐初詩歌律化的情形，從這個探討中將可以重新確認王績在律化方面的成就，並且說明這個階段聲律發展的概況。

　　據前述聲律發展可知，要確認這兩個關鍵的因素何時被確立，「律化」的分析便應及於「律句」、「律聯」及聯與聯間的「黏」的關係三個方面。律聯必須是由兩律句第二、四、五字「平仄相對」所構成（首聯押韻時可有例外），而聯間「黏」的關係，是由兩「律聯」依特定的黏綴關係結合而成，亦即，兩聯四句中，第二句及第三句的第二字平仄相同。以這樣的連綴法則所構成的詩歌形式我們不妨稱爲「黏式律詩」。「黏式」是詩律中較晚發展出來的觀念，這項調聲法則遲至唐代才被提出，因此，依據「黏」式的發展，我們可以判定「律化」進入唐代後的變化。以「黏式」爲基礎的統計標準就意味了同時對「單句」、「聯對」以及「整首詩的黏綴法則」三者「近體化」的要求。理論上，「黏式」詩可以說就是合律的近體詩。

　　「律詩」的基本單位是「律句」，就五字中第「二、四」字分別爲平、仄時，其它三個字隨意變化可有八種不同的搭配（2的三次方），而二、四字分別爲仄、平時，律句亦有八種可能。時至唐初，合理的律句範圍，基本上在這十六種之中。除了下文提到的兩種變例之外，

〔註49〕詳前文，頁73～75。

在初唐律句的判準上，我們主要是依據第二、四字「平仄相對」作為統計的標準。關於「變例」的問題，除上述十六種「律句」之外，王力提過一種句式「平平仄平仄」也常用在律詩中，我的統計也發現這種句式使用上有一定的比例，在初唐統計範圍內的 4,508 句中有 211 句是這類的例子，佔全部句數的 4.7%。此外，五言詩一般不講究第一字，所以這個變例第一字也可作「仄」，句式就成了「仄平仄平仄」，可算是這種變例分化出的另一種形式。這類「變例」的特色是，句中「二、四字同為平聲」，並不符合「律句」之「二、四字不同平、仄」的準則，不過如同我們前面說過的，由於應用上的普極度不下於其他二、四字平、仄相對的句型，實際統計分析上，此類變例應該要劃歸於「律句」的範疇。而唐初符合標準的律句形式就應該包含前述十六種「二、四字平、仄相對」的律句，外加「變例」兩種，這十八種句式就是我們辨認「律句」的標準。

確立律句的標準後，我們必須進一步確立由「律句」組合出「律聯」的法則。如果從上述十八種律句自由搭配成聯，總共可以產生 324（18 平方）種不同的「聯」的搭配，不過，以平韻詩為例，真正的「律聯」的要求嚴格的多，一聯中第二字與第七字平、仄必須相對，而「律句的第二字與第四字相對」，兩條規律共同作用的結果，會直接導致一聯中第四字與第九字平仄亦相對。因此律聯的基本格式是平起的（＿平＿仄＿，＿仄＿平＿。）（「＿」表示無特別限定），或反之，是仄起的（＿仄＿平＿，＿平＿仄＿。）其中空格的位置平仄不拘。再者，五言平韻的律詩出句末字總是「仄」（首句押韻例外），而韻腳總是「平」，由此還可以把「律聯」的基本模型塑造得更精確，前述的模型可以更確定成平起的（＿平＿仄仄，＿仄＿平平。）或反之，是仄起的（＿仄＿平仄，＿平＿仄平。）依據這樣的模型，「律聯」平起式共有 16（2 的 4 次方）種，仄起式亦有 16 種，總計 32 種。另外，考慮到前述的「變例」，平起式應該還多出（＿平仄平仄，＿仄＿平平）的格式，所以平起式又有此八種「變例」為合法。此外，

當首句押韻時，平起式為格律為（＿平＿仄平，＿仄＿平平。）首句押韻仄起式為（＿仄＿平平，＿平＿仄平。）通共首聯的變化又多出32種。不過這種例子只在首聯中發生，主要的律聯仍然以前述32種正例與8種變例為基礎。總結說來，「律聯」的辨識以前述40種合法句式，加上32種首聯押韻的句式為標準。

根據這樣的「律聯」的基礎，距離「律詩」就只有一步之差了，這關鍵的一步就是「黏律」的確立。相鄰兩「聯」中第二句及第三句的第二字同是平、平或同是仄、仄，這就是所謂的「黏」的連綴法則。我們知道基本的律聯形式是「平平平仄仄，仄仄仄平平」（平起式，下文及統計中或稱「聯甲」）以及「仄仄平平仄，平平仄仄平」（仄起式，下文及統計中或稱「聯乙」），「黏」的連綴法則會導致「聯甲」與「聯乙」遞換使用，使四句內的聲律變化比較豐富而不呆板。基本上後代所認定的律詩就是合於「黏」的標準所連綴而成的詩篇。

「黏」的連綴法則是律詩發展過程中最晚發生的關鍵變化，因此在分析上，「發現『黏』並確立『黏』的形式」可以說就是「律詩定型」的指標，也就是「律化」的完成。我們相信在律詩未定型的時期，一般律聯隨意排序的結果也會自然出現「黏」的可能，但偶而出現的「黏」，或是非規律化的「黏」，那都表示「黏式」尚未成為嚴格的標準。在「律詩」的統計分析上，我們所採納的標準是通篇規律的「黏」式排序，才被視為「律詩」。在辨識上，符合「黏」的標準「律詩」會呈現「平起律聯」與「仄起律聯」規律的排序。如果一首詩僅部分出現「黏」的現象，在我的統計中都不視為「律詩」。透過這樣的統計與分析，我們希望勾勒出初唐詩人在近體詩的進程上得到了怎樣的成果。

二、初唐前期詩人及王績聲律實踐

我們透過量化分析的結果發現，王績五言詩在律化的程度上的確超越了同時代其他的詩人。不過，這並不意味著王績已經宣告了律詩時代的來臨，透過下文的分析將顯示王績詩歌離「黏式律詩」的確立

尚有一段距離。王績是同時代詩人中留下下最多律詩的詩人，他也同時是留下最多作品的詩人，在下表中我們將先展現此時期存詩在十首以上的詩人五言平韻詩律化的表現，分析項目包含四部分，合乎上述「律句」標準的詩句比例以「律句比」表示，合乎「律聯」標準的聯使用的比例以「對比」表示，相鄰兩聯符合黏律的比例以「黏比」表示，五言平韻詩中成為「嚴格」的律詩的比例以「律詩比」表示，各項統計中除了顯示比例，並顯示實際統計的數字，其結果如下表：

項目 姓名	存詩數	律句比	對　比	黏　比	律詩比
王績	105	1095/1144 95.7%	444/572 77.6%	229/467 49.0%	31/105 29.5%
太宗皇帝李世民	26	332/340 97.6%	125/170 73.5%	39/144 27.1%	1/26 3.8%
李百藥	25	248/256 96.9%	98/128 76.6%	39/103 37.9%	5/25 20.0%
許敬宗	23	281/286 98.3%	102/143 71.3%	35/120 29.2%	2/23 8.7%
虞世南	23	230/232 99.1%	87/116 75.0%	33/93 35.5%	0/23 0.0%
楊師道	19	173/174 99.4%	78/87 89.7%	35/68 51.5%	4/19 21.1%
褚亮	12	131/134 97.8%	55/67 82.0%	24/55 43.6%	0/12 0.0%
陳子良	12	131/136 96.3%	44/68 64.7%	9/56 16.1%	0/12 0.0%
上官儀	11	98/98 100.0%	37/49 75.5%	14/38 36.8%	1/11 9.1%
十首以下詩人總和	91	869/916 94.9%	312/458 68.1%	95/367 25.9%	12/91 13.2%
總計（除王績）	243	2501/2610 95.8%	948/1290 73.5%	330/1047 31.5%	25/243 10.3%
總計（含王績）	348	3592/3754 95.7%	1392/1862 74.8%	559/1514 36.9%	56/348 16.1%

在解讀這些數據之前，我們必須留心到此前期大部分的詩人留下的詩歌數量普遍都偏低，除王績留下 105 首詩之外，其他詩人存詩多者不過二十餘首，大多數詩人存詩都在十首以下。因此我們分析數據時會盡量將採樣多寡所造成的誤差一併考慮進來。為求數據更為客觀，我們將存詩十首以下詩人的作品也一起納入總平均值的計算。

根據上表的數據顯示，我們的確可以看出王績在律化的程度上的確超越了同時期的其他詩人。在他所有的五言平韻詩 105 首中已經有31 首寫作的是格律嚴謹的律詩，大約佔作品的三成左右。這個數字在此時期是突出的，我們看整個初唐前期所遺留下來 348 首詩歌中僅有 56 首標準的律詩，也就是說，扣除王績的律詩，其他詩人留存下來的律詩總計也不過才 25 首。這樣的數字顯示格律在初唐前期並沒有出現「黏式律詩」的特定形式，詩人多半是將律的概念靈活運用在創作過程中。王績留下了相對較多的律詩，這似乎顯示他在精研格律形式的領域中成就超越他人。

接下來要費一些筆墨來檢討王績的律化實際上是表現在哪些項目上。從上表「律句」顯示的數據看來，整個初唐前期繼承前代的觀念，「律句」已經是寫作五言詩基本的法則，不論律化程度高低，所有的詩人一律在「律句」的使用上都顯得十分嚴謹，律句使用比例基本上都在九成五以上，不合律句法則的單句十不見其一。上官儀詩歌全用律句，虞世南和楊師道也接近百分之百。王績使用律句的比例與本期全部詩人的平均值相同，上列所有具名詩人的律句使用率都超過他，王績對律句的使用表現屬於一般。在「對比」的表現上，唯褚亮與楊師道稍微超越王績，相對全體而言，王績以 77.6%小幅超越平均值 74.8%。不過這樣微幅的差距並不能作過多的詮釋，這僅表示在平均一百聯中，王績符合「對」的標準的聯多於他人三聯左右。所以在「律句」、「對比」兩方面，王績的表現與當時其他詩人相比略無上下。

然而在「黏比」的表現上，王績明顯的超越了其他詩人。他以49.0%接近五成的「黏比」大幅領先平均值 36.9%。我們先就平均值

的數值稍作說明，36.9%意味著在所有的「鄰聯」關係中，約有三分之一恰好是由一個平起律聯搭配一個仄起律聯，兩者搭配順序不拘。在「黏比」的項目上能超過平均值的，除王績外僅有楊師道（51.5%）、褚亮（43.5%）、李百藥（37.9%）三人，接近平均值的是虞世南（36.8%）和上官儀（35.5%）兩人。楊師道雖然「黏比」表現過人，不過他只留下 19 首詩，而王績大規模的作品統計結果，「黏比」平均值還能達到接近五成，相較而下王績用「黏」的程度更具有代表性與說服力。在「黏」的使用上王績可謂拔得頭籌。這是學者一般會認為王績律化程度優於其他各家最主要的原因。

當然，王績律化程度過人表現不止在此一端，「黏比」還應該與「律詩比」搭配解讀，因為，在此時期，「黏比」與「律詩比」未必成正比，「黏比」提高未必意味著「律詩比」提高，多用「黏律」也為未必表示「律詩」數量的提升。前述除王績外「黏比」超過或接近平均值的五人當中，用「黏」的比例相當出色的褚亮和虞世南兩人完全沒有留下全以「黏比」發展出來的律詩。楊師道是唯一在「黏比」的項目上超越王績的詩人，他也是唯一使用「黏」的比例超過五成的詩人，這必然意味著他在兩種律聯交替運用上很有偏好，但是他並未將「黏」的作法擴充到完整的詩篇，超過五成的「黏比」卻僅僅只構成 4 首律詩。上官儀律句高達百分之百，卻僅有留有一首律詩，李百藥留下五首，算是多的了。如果說，詩人一開始就希望將兩種律聯輪替使用來構成詩歌的話，那麼，「黏比」應該不至於距離「律詩」的比例太遠才對，但是在所有詩歌中，僅只有 16%真正成為律詩。也就是說，「黏」的關係雖然被運用，但運用的規模不大，也沒有強制性，用與不用都在詩人個別的偏好，在某些人的作品中，「黏」的關係很可能只是偶然或自然的出現，而即使在其他著意經營「黏式」的詩人手上，「黏律」的使用也很自由，並沒有出現怎樣明確的規範。在初唐前期，「黏」的關係是「律聯」逐漸成形後在寫作過程中自然發生的情形，此時的「黏」並不是為了造成「律詩」而提出的規範。

　　然而王績使用的「黏式」的情況卻不是這樣，他使用「黏」與他的「律詩」有直接的相關，亦即，他所使用的「黏式」直接導致他的「律詩」數量增加。王績有三分之一的詩都已經成爲標準的「黏式律詩」，他投注在用「黏」來構成新體詩的企圖是明顯的。在這個層次上來說，王績便顯出他最爲過人之處，此時期唯獨他清楚地將「黏」落實在構成一種形式更嚴密的詩歌上。尤其他在「律句比」、「對比」的表現都相當大眾化的情況下，更顯出他在運用「黏」構成「律詩」的意圖超過他人，我們從這個層次特別能突顯王績在「律化」上超越時代風氣之處。

　　根據量化分析的結果，王績確實可以稱得上是初唐前期律化程度最高的詩人，但是這並不表示王績就是律詩聲律形式奠定的關鍵人物。他雖走在時代前端的人，不過他僅僅能被定位成一位提供新流行之可能的人，他所使用的「黏式」的新元素有可能會被時代接納，也有可能會被時代淹沒。詩歌要走上以「黏」構成「律詩」的狹窄道路，還需形式內部發展夠成熟也，還需要理論家大肆鼓吹，更需要較多創作者接納並實踐，才能眞正在文化圈形成一種共識與規範，而這其中可能的聲律變化何止萬端。下文將指出，王績之所以不能被認爲是「律詩」的奠基者，最主要的原因是在當時「律化」發展過程中，「形式內部」的發展（主要是「律聯」的發展）還沒有成熟。

三、初唐前期「律詩」形成的瓶頸──對「平起律聯」的偏好與使用慣性

　　如果說王績已經是初唐前期律化程度最高的詩人，那麼，究竟是哪些因素使得律詩在唐初仍無法定型呢？同樣的問題可以用另外一個方法來問，即，初唐前期的「律化」發展在那些方面遭遇了瓶頸？或者說此時的「律化」進程還有哪些因素尚未成熟，導致律詩形式的奠定受到阻礙？我們透過初唐詩人的作品分析結果，發現律詩未能定型的關鍵，最可能的原因在於「仄起律聯」尚未得到足夠的重視。我們

知道基本的「律聯」型態有平起式（平平平仄仄，仄仄仄平平）與仄起式（仄仄平平仄，平平仄仄平）兩種。〔註50〕唐初「仄起律聯」雖然被當作一種合法的律聯，但是詩人在使用上卻趨向謹慎與保守，與「平起律聯」的頻繁使用相對照，詩人明顯對「平起律聯」有習慣性的偏好，對「仄起律聯」的使用態度則相對冷漠。

　　先就留有詩歌最多，律化程度最高的王績論起，最明顯的指標是「平起」、「仄起」兩種型態的「律聯」在詩歌中被使用的頻率差異頗大。王績詩歌所出現的 444 個律聯當中，「平起律聯」有 282 次，「仄起律聯」僅 162 次，比例上「平起律聯」使用約是「仄起律聯」的兩倍。理論上，格律嚴謹的律詩會循環遞用平起及仄起的律聯，因此，在成熟的律詩作者的手上，平起與仄起律聯的比例應該是接近的。我們把王績 31 首「律詩」扣除，檢視他尚未律化完整的其他作品，就更能表現出兩種律聯使用上不平等的現象。在王績未全然律化的作品中，律聯共使用 335 次，其中平起律聯出現 228 次，仄起律聯出現 107 次，平均說來，平起律聯每出現兩次以上，仄起律聯才有機會被使用一次。以〈田家〉三首其三為例，詩歌逐句平仄律化的分析如下：

1. 平生唯酒樂，
2. 作性不能無。
3. 朝朝訪鄉里，
4. 夜夜遣人酤。
5. 家貧留客久，
6. 不暇道精粗。
7. 抽簾持益炬，
8. 拔篲更燃爐。
9. 恆聞飲不足，

〔註50〕在本文的統計標示中，將以「聯甲」表示「平起律聯」，以「聯乙」表示「仄起律聯」，行文中為求方便有時也以「聯甲」、「聯乙」代稱這兩種律聯。

10. 何見有殘壺。〔註51〕

序	1	2	3	4	5		
1.	平	（平仄）	仄	仄，	句		
2.	仄	仄	（平仄）	（平仄）	平。	句	聯甲
3.	平	平	仄	平	仄，	變句	
4.	仄	仄	仄	平	（平）。	句	聯甲
5.	平	平	（平仄）	仄	仄，	句	
6.	（平仄）	仄	仄	平	（平）。	句	聯甲
7.	平	平	平	仄	仄，	句	
8.	仄	仄	（平仄）	平	平。	句	聯甲
9.	平	（平仄）	仄	（平仄）	仄，	句	
10.	（平仄）	仄	仄	平	（平）。	句	聯甲

〔註52〕

〈田家〉其三這首作品全是用合於近體詩規範的律聯寫成，每句及每聯的聲調皆是精研的律化形式，它與真正的律詩差別在於〈田家〉其三這首作品只使用平起律聯循環至終，而全詩均用律聯應該是詩人精心安排的結果。類似的情況出現在〈山家夏日〉九首其六，以及〈遊山贈仲長先生子光〉一首，以下將依序展示兩詩律化情形，首先是〈山家夏日〉九首其六：

1. 山中有弊廬，
2. 竹樹近扶疏。
3. 傍巖開灶井，
4. 横澗引庭除
5. 障子游仙居，
6. 屏風章草書，
7. 誰言非面俗，

〔註51〕見陳貽（火欣）主編，《增訂補注全唐詩》（上海：文化藝術出版社，西元 2001 年），卷 37。
〔註52〕本詩平韻，故韻腳不顯示「仄」，唯以（）表示原字為平、仄音皆可的破音字。

8. 更欲賦閑居。〔註53〕

1.	平	（平仄）	仄	仄	平，	句	
2.	仄	仄	仄	平	平。	句	聯甲
3.	仄	平	（平仄）	仄	仄，	句	
4.	（平仄）	仄	仄	平	（平）。	句	聯甲
5.	（平仄）	仄	平	平	平，	句	
6.	（平仄）	（平仄）	平	仄	平，	句	
7.	平	平	平	仄	仄，	句	
8.	（平仄）	仄	仄	平	平。	句	聯甲

其次是〈遊山贈仲長先生子光〉一首：

1. 葉秋紅稍下，
2. 試出河南曲。
3. 還起北山期。
4. 連峰無暫斷，
5. 絕嶺互相疑。
6. 結藤摽往路，
7. 刻樹記來時。
8. 沙場聊憩路，
9. 石壁旋題詩。
10. 苔寒綠更滋。
11. 幽尋多樂處，
12. 勿怪往還遲。〔註54〕

1.	仄	仄	平	平	仄，	句
2.	平	仄	仄	平	平。	句
3.	平	平	平	仄	仄，	句

〔註53〕見陳貽（火欣）主編，《增訂補注全唐詩》（上海：文化藝術出版社，
　　　　西元 2001 年），卷 37。
〔註54〕見陳貽（火欣）主編，《增訂補注全唐詩》（上海：文化藝術出版社，
　　　　西元 2001 年），卷 37。

4.	仄	仄	仄	（平仄）	平。	句	聯甲
5.	仄	平	仄	仄	仄，	句	
6.	仄	仄	仄	平	平。	句	聯甲
7.	（平仄）	平	平	仄	仄，	句	
8.	仄	仄	（平仄）	（平仄）	平。	句	聯甲
9.	仄	平	平	仄	仄，	句	
10.	平	平	仄	（平仄）	平。	句	
11.	平	平	平	仄	仄，	句	
12.	仄	仄	仄	平	平。	句	聯甲

這兩首雖非全用律聯，但只要使用律聯，一定使用「平起律聯」。在另外一種類型的詩歌中，王績應用「平起律聯」也表現得十分強勢，以〈在京思故園見鄉人問〉一首為例：

1. 旅泊多年歲，
2. 老去不知迴。
3. 忽逢門前客，
4. 道發故鄉來。
5. 斂眉俱握手，
6. 破涕共銜杯。
7. 殷勤訪朋舊，
8. 屈曲問童孩。
9. 衰宗多弟姪，
10. 若箇賞池臺。
11. 舊園今在否，
12. 新樹也應栽。
13. 柳行疏密布，
14. 茅齋寬窄栽。
15. 經移何處竹，
16. 別種幾株梅。
17. 渠當無絕水，
18. 石計總生苔。
19. 院果誰先熟，

20. 林花那後開。
21. 羈心祇欲問，
22. 爲報不須猜。
23. 行當驅下澤，
24. 去剪故園萊。〔註55〕

1.	仄	仄	平	平	仄，	句	
2.	仄	仄	（平仄）	平	（平）。	句	
3.	仄	平	平	平	仄，		
4.	仄	仄	仄	平	平。	句	
5.	仄	平	平	仄	仄，	句	
6.	仄	仄	（平仄）	平	平。	句	聯甲
7.	平	平	仄	平	仄，	變句	
8.	仄	仄	仄	平	平。	句	聯甲
9.	平	平	平	仄	仄，	句	
10.	仄	仄	仄	平	平。	句	聯甲
11.	仄	平	平	仄	仄，	句	
12.	平	仄	仄	（平仄）	（平）。	句	聯甲
13.	仄	（平仄）	平	仄	仄，	句	
14.	平	平	平	仄	（平）。	句	
15.	（平仄）	平	（平仄）	仄	仄，	句	
16.	仄	仄	（平仄）	平	平。	句	聯甲
17.	平	（平仄）	平	仄	仄，	句	
18.	仄	仄	仄	（平仄）	平。	句	聯甲
19.	（平仄）	仄	平	（平仄）	仄，	句	
20.	平	平	（平仄）	仄	（平）。	句	聯乙　黏
21.	平	平	平	仄	仄，	句	
22.	（平仄）	仄	（平仄）	平	平。	句	聯甲　黏
23.	（平仄）	（平仄）	（平仄）	仄	仄，	句	

〔註55〕見陳貽（火欣）主編，《增訂補注全唐詩》（上海：文化藝術出版社，西元 2001 年），卷 37。

24.　　仄　　仄　　仄　　平　　（平）。　句　　聯甲

這首〈在京思故園見鄉人問〉的聲律結構主要由律聯構成，十二聯中僅三聯由於失對而未能形成律聯，仔細看，這些失對的聯句並非全然失序，它們基本上仍然是依據律句的結構寫成，只不過在屬對的要求上不夠完美。除此三聯外，在其他九聯合於格律的聯中，平起律聯使用了八次，仄起律聯僅使用了一次。只有在仄起律聯（聯乙）出現的地方使得本詩在第九、第十及第十一聯間造成了合於黏律的一小個段落，其餘除前述少數失對的聯外，本詩主要的格律缺陷在於失黏，這裡的失黏的基本原因就在於仄起律聯並未被充分使用，不能使用足夠的仄起律聯，當然就使得「黏」的連綴關係無從發展。這種律聯使用不平衡的例子在王績的詩歌中俯拾皆是，較明顯的如〈黃頰山〉、〈同蔡學士君知詠雲〉、〈尋苗道士山居〉、〈春日還庄〉、〈泛船河上〉、〈被舉應征別鄉中故人〉等詩。另外，在王績較大篇幅的詩歌中並沒有全用「仄起律聯」或主要用「仄起律聯」寫成的詩歌。在未能形成標準律詩的 74 首詩歌中，主要使用「平起律聯」（使用平起律聯次數超過仄起律聯）的就有 56 首，主要使用「仄起律聯」（使用仄起律聯超過平起律聯）的僅有 8 首，而且多半是四韻以下的短小篇章。王績還有 17 首詩歌中僅使用「平起律聯」一種。顯然王績使用「平起律聯」不但已經得心應手，而且「平起律聯」是他所使用最主要的律聯形式。

　　對於兩種律聯使用不均的情形不止發生在王績身上，追溯整個初唐前期，所有詩人對律聯應用的情形皆是一般。太宗所存 26 首平韻五言詩中，有 20 首使用「平起律聯」超過「仄起律聯」，其中全詩僅用「平起律聯」的有 7 首之多，亦即太宗有四分之一強的篇章僅使用平起律聯。許敬宗五言平韻存詩 23 首，「平起律聯」佔優勢的詩歌也高達 16 首，全詩律聯僅用平起的也有 4 首。為了更清楚說明實際的情況，我們依據存詩數量多寡將個別詩人在律聯應用上相關細目評比

表列於下表，存詩十首以上者存其姓名詳列結果，存詩在十首以下的詩人取其篇章總數合計於「其他」一列。

詩人 ＼ 細目 (篇)	五言平韻存詩數	平起律聯優勢	仄起律聯優勢	平、仄起律聯數相等	律詩篇數	使用律聯皆為平起	使用律聯皆為仄起
王績	105	56	8	38	31	17	2
太宗皇帝	26	20	4	2	1	7	1
李百藥	25	14	4	7	5	3	2
許敬宗	23	16	1	6	2	4	1
虞世南	23	13	5	5	0	4	4
楊師道	19	11	1	7	4	2	0
褚亮	12	4	2	6	0	1	1
陳子良	12	5	4	3	0	3	2
上官儀	11	5	3	3	1	1	2
其他	91	50	17	23	12	19	10
總計	347	194	49	99	56	51	25

從上列七種統計細目揭示了幾個重要的參考點，第一，從前二、三欄看來，「平起律聯優勢」的篇章數一定超越或大幅超過「仄起律聯優勢」的篇章數。通計兩者比例約在 4：1（194：49）。第二，從末兩欄看來，全詩律聯皆用「平起」的篇章數基本上超越或大幅超越全詩律聯皆用「仄起」的篇章數，通計兩者篇章比例約在 2：1（51：25）。第三，從四、五兩欄看來，使用「平起」、「仄起」律聯次數相同的篇章越多，基本上能夠寫作出越多合於黏律的律詩。標準化的律詩興起之後，理論上平起與仄起的律聯出現的頻率應該是相近的，總結以上的結果，我們認為初唐前期詩人對律聯的使用的不平衡，反映出一個現象，那就是「平起式律聯」較「仄起式律聯」被接納與適應較早，應用上也較廣泛。

　　也就是說，在律詩發展的某個時期（這個時間大約從隋代到唐初），平起式律聯已經被詩人所普遍接納，而仄起律聯雖然也被應用，

較之下使用的態度十分保留。筆者認爲，詩人對於「仄韻律聯」的態度過於保守，從而無法使用足夠的「仄起律聯」以形成「黏式律詩」，這正是律詩未能在初唐前期發展完成的關鍵原因。由於詩人對「平起律聯」的偏好以及對「仄韻律聯」的疑慮，兩種律聯並未能得到同等的重視，在使用的頻率上出現不平衡的發展，「黏」的連綴法則未能形成氣候也是可想而知的事。

筆者嘗試解釋何以平起律聯會被運用得較爲廣泛，其解答可能還是在於傳統已經深入人心的「聲病理論」。在前文論述一句內的五字調聲的聲病，傳統上有「蜂腰」及劉滔所謂「二、四同聲亦不能善」的兩種說法。早期「蜂腰」所論是五字內第二與第五字不得同四聲，梁以後詩人在創作上實際已經運用了二、四字「平、仄二聲對比」的概念，或許，在初唐前期第二字與第五字不同聲的觀念還有一定的影響力。如果要同時避免犯「蜂腰病」及劉滔的「二、四相犯」之病，那麼，第二字既不宜與第五字同聲，也不宜與第四字同聲，而最方便的方法就是第四字及第五字同聲，而同時與第二字異聲，如此單句五字的排列便會是平起的「＿平＿仄仄」，或仄起的「＿仄＿平平」，這兩組排列就成爲最基礎的格式。如果我們選取前者爲一聯中的出句（平起），那麼它的對句將與之在第二、四字聲調相異，聯對即成爲「＿平＿仄仄，＿仄＿平平。」（押平聲韻）反之，如果我們選取兩種基本句型中的後者爲出句（仄起），聯對就會成爲「＿仄＿平平，＿平＿仄仄。」這種型態的聯對在平韻詩中顯然是行不通的，因爲韻腳根本反而變成仄聲而無法協韻了。筆者認爲，就是在這種情況下，我們可以從邏輯上得到可能的解釋，說明爲何在律詩未定型前的某一段時間平起律聯要比仄起律聯流行的多。

平起律聯是聲律法則很自然容易生成的結果，而仄起律聯生成的過程比較繁複，從上面仄起聯演化的結果「＿仄＿平平，＿平仄仄」觀察，其實距離平韻詩的律聯只差一步，那就是第五字的調音，如果爲了押平聲韻而將對句韻腳改爲平，再將出句五字改爲仄，就成爲「＿

仄＿平仄，＿平＿仄平」，如此一來，標準的「仄起律聯」就能夠產生了。

我們可以想像「平」、「仄」既是一組相對的概念，詩人使用平起，當然也會思考仄起的可能。如果單只有平起一種律聯，格律未免過於單調，畢竟，追求聲調的變化錯落才是整個調聲活動從一開始就追求的最終極目標，詩人在實驗創作的過程中還是選擇了整體變化較多的聲調配置。

簡單說來，平起律聯的發展是順其自然的，仄起律聯的演變過程則較為曲折輾轉，因此我們認為初唐前期仄起律聯的使用一直少於平起式的原因在此。我們看到的結果是，初唐前期平起律聯一直較仄起律聯佔優勢，或許原因就在於此。而這樣的困境是連王績也無法突破的。

從這裡推論下去會有一種新的趨勢隱約成形，那就是當仄起律聯的地位漸漸提升，到它的地位和平起式同高，而兩者使用率又接近時，律詩的發展就算是站穩了第一步。兩種律聯使用的平衡是「黏律」要形成最基本的必要條件，這個因素不成熟，「律詩」就難以大展宏圖。所以，奠定律詩體例的開拓者，就是能勇於突破傳統的束縛，大膽廣用仄起律聯的詩人。這個人不是王績，前文的分析已經指出這樣的人在唐初尚未出現，所有的唐初詩人都青睞穩當的平起律聯，從這個角度來看，王績離律詩的奠定還有關鍵的一大步。他雖是領先時代的人，卻尚未能開創全新的時代。這也是我們認為王績在律化近程中的地位不宜被過渡抬舉的原因。

就初唐前期格律發展總評起來，由於律詩形式內部發展的條件尚未成熟（仄起律聯未得到足夠的重視），因此並不能對整體的潮流有所撼動。唐初詩歌聲律仍在摸索的路上，等待新時代的到來。

第四章　初唐後期的聲律發展

　　初唐後期聲律持續演化，而聲律理論也漸漸推向另一波高峰。此時除了有較多調聲理論著作，理論本身也朝新的方向開展，進而架構出益發明確而嚴謹的形式。從齊梁時代以降，調聲觀念雖然經過許多熱中此道的文士反覆討論，但其基本邏輯與方法大致不變。舊題王昌齡所撰《詩格》言：「律調其言，言無相妨」，[註1] 此語說得提綱挈領一針見血，「律」用以調聲，就是追求文筆誦讀時字音與字音之間不相妨害，比如「上尾」病意在避免上句句腳削弱了下句韻腳的力量，而「平頭」則避免了上、下句之間音調安排過於規律而發生音調呆板的現象。綜觀而言，初唐後期以前的聲律理論，大致上都根據「無相妨」（不相妨害）的原則進行討論。時序進入初唐後期，調聲理論雖然仍立基於過去的基礎之上，但也開展出新的關懷面向，此時所討論最重要的問題之一，就是關於整首詩聲調的配置問題。新的調聲法則發展的結果不但導致調聲術內在精神發生質變，聲律的外顯形式也益發明確而固定。

　　初唐以前的調聲範圍主要限於三個方面：一句之中（如「蜂腰」、調「二、四」字）、聯內兩句（如「平頭」、「上尾」），以及相鄰兩聯（如「鶴膝」）。然而初唐後期理論發展的結果，「調聲術」開啓了新的場域，元兢著名的「換頭術」說明了「調聲」突破過去一句、兩句、

<hr />

〔註 1〕見張伯偉，《全唐五代詩格校考》，頁 126。

一聯、兩聯的範圍，在這些調聲技巧漸漸成熟之後，調聲理論的注意力進而擴大到「整首詩」範圍。「換頭」意味著開始進行整首詩的格律安排，這就突出了格律詩的獨立性，其結果使得格律詩漸漸確立起更完備的形式。換頭的「律詩」在外顯形式上不同於非換頭律的詩歌，我們將在下文中探討合於「換頭」的格律詩和不符合此項規則的詩歌間的差異。本節也將探討初唐後期調聲理論發展的概況，同時指出部分強勢的理論對形塑格律詩造成的影響。

相對於過去，這個時期保留了較多的理論傳世。當時的理論被保留在許多名爲「詩格」，或功能與目的類似「詩格」的作品中。崔融、李嶠、杜審言、蘇味道以「文章四友」之名譽於文壇，其中崔融、李嶠都留下「詩格」，李嶠更留下超過兩百首平韻五言詩，是此時期留下最多同類創作的詩人。可喜的是，此時期比起稍早的唐初及隋，詩歌保存的數量也多了許多，這對於我們探索本期聲律發展也提供不少助益。以下將就此時期幾種詩格著作的內容來說明此時期調聲理論發展的情況。

我們所設定「初唐後期」的詩人或理論家，是指主要活躍於七世紀後半這段時間的文人而言。李嶠生年約在太宗貞觀十九年（西元645年），崔融生於高宗永徽四年（西元653年），元兢在高宗總章中（西元668～670年）爲協律郎，預修《芳林要覽》，〔註2〕三人大約是在同時期活躍於文壇。至於稍後也編寫過一部《詩格》的王昌齡（西元690？～756？年）於玄宗開元十五年（西元727年）方登進士第，較李嶠、崔融等人約晚了半世紀，因此其《詩格》的內容就不在本節的討論範圍。如此評選的結果，初唐後期重要的詩格類作就是：元兢《詩髓腦》、崔融《唐朝新定詩格》以及舊題李嶠所撰《評詩格》三部。以下闡述本期理論要點與其所反映出來的調聲觀念。

〔註 2〕見《舊唐書》，190/4997。

第一節　元兢突破性的聲律理論與初唐後期調聲理論之成就

我們對元兢的生平瞭解不多，關於他的事蹟在正史中的撰述很少，甚至連他的生卒年代都無法得知。不過就《舊唐書・元思敬傳》的記載，他大約活躍於唐高宗、武后時期，總章（西元 668～670 年）中曾預修類書《芳林要覽》，當時李嶠約二十來歲，崔融未及弱冠，推測元兢或許較同代這兩位理論家年紀稍長。元兢在文學上的成就也許未曾引起過人們注意，不過他的《詩髓腦》這部論詩著作卻讓他在文學史上留名。《詩髓腦》是唐代律詩形成過程中至為關鍵的一部著作，它幫助我們看清「律詩」的聲律在初唐後期怎樣被確定下來，也反映出唐人如何在聲律問題上取得關鍵的進展。探討初唐後期的詩學，是無法略過這部關鍵的《詩髓腦》的。

一、新八病與舊八病

《詩髓腦》表現元兢關於文學創作的理論，目前已有許多學者體認到其中的「調聲三術」是「律詩」形塑的關鍵。但這部著作在中國歷代書目都沒有著錄，〔註3〕今日我們見到的遺文乃在《文鏡秘府論》中收錄。就調聲觀念而言，元兢的貢獻在於他提出了影響重大的調聲方法，改變了格律詩傳統以來的面貌，影響所及，詩歌的形式至此後便重新分流，以致於有古、近之別。這些問題我們將在下文中作一番探討。

元兢的調聲理論含括在《詩髓腦》中〈文病〉、〈調聲〉兩章。〈文病〉論聲病，名目主要繼承傳統的「八病」說。但元兢並沒有滿足於前人舊說，他視實際寫作上的需要，提出了更清晰也更完善，甚至在某種程度上來說算是很創新的內容。除了固有的「八病」之外，他又

〔註 3〕　〔日〕中澤希南考定，《宋秘書省四庫闕書目》所錄元兢《沈約詩格》一卷，乃是《詩髓腦》之別名。（文收《東洋文化》復刊十一期，西元 1965 年 9 月。）《沈約詩格》於《宋秘書省四庫闕書目》有著錄，《新唐書・藝文志》誤作《宋約詩格》。《宋史・藝文志》逕作《詩格》。見張伯偉，《全唐五代詩格校考》，頁 90～92。

提出了「新八病」來補強理論內容，他說：「兢於八病之別爲八病。自昔及今，無能盡知之者」，﹝註4﹞看起來元兢很以自己的理論自豪。

不過「新八病」並非全爲調聲而作，與聲調協調相關的僅其中第一「齟齬病」與第六「翻語病」兩種。「齟齬病」在前章論上官儀詩歌理論時已經闡明，「翻語病」細探便知亦非新事，不過是舊論的重新提倡，其病曰：「正言是佳詞，反語則深累是也」，﹝註5﹞這裡的「翻語」就是「反語」，即南朝流行過一陣子用「反切隱語」，「反語」切出新的詞彙如果文意不佳，就被認爲是犯了「翻語病」。元兢給了一個實例：「鮑明遠詩云：『雞鳴官吏起，伐鼓早通晨。』『伐鼓』正言是佳詞，反語則不祥，是其病也。」﹝註6﹞崔融《唐朝新定詩格》也舉此病例提出說明：「『伐鼓』反語『腐骨』，是其病。」﹝註7﹞「伐」音爲「房越」反切所得，「鼓」爲「公戶」反切所得，將「房越」、「公戶」聲母、韻母交替反切，則「房戶」切出「腐」音，「公越」切出「骨」音，「腐骨」不祥，故被視爲病。由此看來，「新八病」中「翻語病」是一種復古的理論，「齟齬病」則從上官儀時代起就在小眾間流行，也不算獨創。

相對於「新八病」，元兢反而在傳統「八病」的理論上提出了他創新、務實與開拓性的見解。這種創新的修正最主要表現在他強化了平、仄二元分立的概念，同時極力主張在創作上給予「平聲」的使用較大的彈性，盡可能將病犯說中「四聲相犯」的原則修正成「犯上、去、入則病，犯平聲則無妨」的標準，這是對病犯法則的內在原理更精細的修正，使病犯理論內在的架構更清晰。在理論發展的意義上而言，這無疑導致理論演化又向前推進了一步。

從元兢論「平頭」病的論述中最能表現出上述「放寬『平聲』使

﹝註4﹞《全唐五代詩格校考》據三寶院本補。頁 99。原文「兢於八病之別爲八病」，「之」下疑闕「外」一字。

﹝註5﹞見《文鏡秘府論校注》，頁 448。

﹝註6﹞同前註。

﹝註7﹞同前註，頁 449。

用尺度」的特徵。從早期聲律理論以來，「平頭病」之說略有不同，《文鏡秘府論》〈西卷〉「文二十八種病」中記載的「平頭」共計有四種不同的詮釋。第一種是「文二十八種病」中開宗明義對「平頭」的定義，其謂：「五言詩第一字不得與第六字同聲，第二字不得與第七字同聲。同聲者不能同平上去入四聲，犯者名爲犯平頭。」〔註8〕我們從理論內容來看，關於「平頭」病這第一段的詮釋可能是屬於比較晚期的論述，因爲此論將第一與第六字、第二與第七字分作兩組調聲單位，如此一來，一、六犯或二、七犯都是平頭。此第一說之下有一段解釋，冠以「釋曰」起始，其定義就與第一種詮釋不同：「釋曰：上句第一、二兩字是平聲，則下句第六、七兩字不得復用平聲，爲用同二句之首，即爲犯病。餘三聲皆爾，不可不避。三聲者謂上、去、入也。」〔註9〕這裡將「第一、二兩字」視爲緊連不分的一組，相對於下句的「第六、七兩字」，然後規定上句之「頭」（一、二兩字）與下句之「頭」（六、七）不可同四聲。其結果之一，將上句頭兩字視爲與下句頭兩字的相對的作法，失去第一字可有彈性的空間。之二，不可同四聲的規定也限制了「同平聲可通融」的彈性，這是關於「平頭」病最爲嚴格的一種詮釋。

　　較之諸家所論，元兢的說法最具有彈性。在《文鏡秘府論》論「平頭」的「釋曰」一段詮釋之下，有一段以「或曰」起始的說法，王利器據《三寶院本》的旁註提示這一段話的出處，在《三寶院本》中旁註有「或，元兢本」的字樣，此說很可能是元兢的意見，文曰：

　　　此平頭如是，近代成例，然未精也。欲知之者，上句第一字與下句第一字，同平聲不爲病；同上、去、入聲一字即病。若上句第二字與下句第二字同聲，無問平、上、去、入，皆是巨病。此而或犯，未曰知音。近代文人李安平、上官儀，皆所不能免也。〔註10〕

〔註8〕同前註，頁402。
〔註9〕同前註，頁403。
〔註10〕見《文鏡秘府論校注》，頁403。

此說的特色是，第一，他放鬆了「頭」這個調音位置，保留了第一字與第六字可同平聲的彈性，而將最嚴格的「不可同平、上、去、入四聲」的規則縮小到第二字與第七字的關係中，強調了五言詩第一個音步調音位置著重在第二個字。元兢之說第二個特色是，第一字與第六字可同平聲卻不可同上、去、入三聲，這則表示平聲舒緩的效用特別被重視，也表示「平聲」使用的限制較寬鬆，次要的調音位置犯平聲被認為無傷大雅。元兢的理論同時提醒我們，平仄二元的分化已經漸漸形成風氣。

為了表示元兢理論的獨特性，我們不妨比對「文二十八種病」中關於「平頭」的最後一種詮釋，此說被認為是隋代劉善經引述沈約的論點：〔註11〕

> 沈氏云：「第一、第二字不宜與第六、第七同聲。若能參差用之則可矣。」謂第一與第七、第二與第六同聲，如「秋月」、「白雲」之類，即《高宴》詩曰：「秋月照綠波，白雲隱星漢。」此即於理無嫌也。〔註12〕

從這段話推論，第一字與第二字均須避免犯重，而且僅需考慮第一與第六、第二與第七字的關係，就調音位置而言，從這段話看不出第二字是否較第一字更為要緊，多半也是將上句兩字視為一組，相對於下句兩字而同時調音。文中也沒有關於平聲與其他三聲的差別，僅僅只說「不宜同聲」，如果這真的是沈約的說法，「不宜同聲」很可能就是「不宜同四聲」的意思。四種詮釋中，此說的分析比較不精緻。

為了更清楚表達上述理論的差異，我們將個別的意見所反映出來的觀念上的差異整理如下表，主要表現各種說法間在「調音位置」及對與對「平聲」的觀念上的差異：

〔註11〕 王利器引《三寶院本》：「『或曰』，《御草本》作『《指歸》曰』。」從「八病」其他條文的體例中也有跡象顯示這裡的「或曰」是出自劉善經之論。考見王利器，《文鏡秘府論校注》，頁404。

〔註12〕 《文鏡秘府論校注》，頁404。

四聲觀念 調音位置	四聲並重	特別重視「平聲」
第一字與第二字並重	1. 第一說：「五言詩第一字不得與第六字同聲，第二字不得與第七字同聲。同聲者不能同平上去入四聲，犯者名為犯平頭。」 2. 第二說「釋曰：上句第一、二兩字是平聲，則下句第六、七兩字不得復用平聲，為用同二句之首，即為犯病。餘三聲皆爾，不可不避。三聲者謂上、去、入也。」 3. 第四說（劉善經引沈約說）：「沈氏云：『第一、第二字不宜與第六、第七字同聲。若能參差用之則可矣。』	
特別重視第二字		1. 第三說（元兢說）：「此平頭如是，近代成例，然未精也。欲知之者，上句第一字與下句第一字，同平聲不為病，同上、去、入聲一字即病。若上句第二字與下句第二字同聲，無問平、上、去、入，皆是巨病。」

從表格中可以讀出元兢特別將第二字突出為調聲的重點位置，而且休也賦予平聲較大的空間。更重要的是，我們從中可以讀出一個訊息：在長時間的理論發展以來，「病犯」理論往往都只能沿襲舊說，唯有到了元兢的時代，方才提出了嶄新的修正策略。在對元兢的貢獻給予重新的評價之前，我們將繼續對元兢的理論作重點闡述。

在傳統「八病」理論中，韻紐四病無涉於調四聲或二聲的問題，在此不予討論。前四病除前論「平頭」外，在八病中最重要的是「上尾」，此病一向被視為巨病，元兢論此病則是沿用舊說。另外，我們並沒有發現元兢關於「鶴膝」的理論，則八病中元兢尚有「蜂腰」一

論略有可觀。

　　論「蜂腰」，元兢的觀點一如他對「平頭」的觀點，表現出對「平聲」特別的偏厚。《文鏡秘府論》關於「蜂腰」也羅列了四種詮釋，依序一樣先敘述一種定義，其次由「釋曰」開始的一段釋文，其次是元兢之說，最後是劉善經引述沈約、劉滔的說法並加以闡述。在這幾種說法中元兢仍然展現出自己與其他論者基本的差異，諸家論「蜂腰」都是四聲並論，其中第一種定義說：

> 蜂腰詩者，五言詩一句之中，第二字不得與第五字同聲。言兩頭粗，中央細，似蜂腰也。詩曰：「青軒明月時，紫殿秋風日。瞳矓引夕照，晻暖映容質。」又曰：「聞君愛我甘，竊獨自雕飾。」又曰：「徐步金門出，言尋上苑春。」〔註13〕

所引病句中「軒」與「時」皆平聲，「君」與「甘」皆平聲，「獨」與「飾」皆入聲，是則無論平上去入，只要第二字與第五字同聲即為病犯。劉善經也引用「聞君愛我甘，竊獨自雕飾」的詩句，此外他還引述了梁劉滔所舉出賦頌中犯蜂腰的例句「思在體為素粉，悲隨衣以消除」，〔註14〕句中「體」與「粉」同上聲，「衣」與「除」同平聲，這些都是「蜂腰」病兼論四聲的範例，劉善經的「蜂腰」自然是四聲皆論的。

　　元兢則提對舊說提出修正，他說：

> 「君」與「甘」非為病，「獨」與「飾」是病。所以然者，如第二字與第五字同上、去、入皆是病，平聲非病也。此病輕於上尾、鶴膝，均於平頭，重於四病，清都師皆避之。以下四病，但須知之，不必須避。〔註15〕

特別指同平聲則無犯，一貫地表現出元兢對八病的見解獨樹一格之處。

　　簡要說來，元兢「舊八病」理論最突出的特點就是對平聲使用的限制放寬了，盡可能的範圍內他都提出「同平聲無妨，同上、去、入則病」的看法。此外，他也將「平頭」病的調聲方法提出修正，選擇

〔註13〕見《文鏡秘府論校注》，頁411。
〔註14〕此阮瑀〈止欲賦〉。同前註，頁412。
〔註15〕同前註，頁411～412。

了第二字與第七字作爲調平頭首要位置。我們所知的理論家中元兢是率先提出這些主張的人，而這些觀念在他所有的理論中都一以貫之，我們在下文中將一一指出。

二、「調聲三術」開創性的貢獻

　　元兢論新、舊八病中調聲的理論，都還表現出對傳統的繼承，而他所論及的「調聲三術」卻以一種極爲創新與開拓性的姿態，說明了律詩形式嶄新的發展。「調聲三術」已經成爲元兢最知名的理論，所謂「調聲之術，其例有三，一曰換頭，二曰護腰，三曰相承。」〔註16〕這三種調聲方法中以「護腰」的觀念與「八病」前四病的理論邏輯接近，可以視爲是八病一類的聲病論，元兢解釋此術說：「腰，謂五字之中第三字也。護者，上句之腰不得與下句之腰同聲。然同上、去、入則不可用，平聲無妨也。」〔註17〕也就是兩句之中第三字與第八字不得犯，而且是不得犯上、去、入聲，平聲無妨，這個主張跟元兢論八病之「平頭」、「蜂腰」的觀念一脈相承。此病與《文鏡秘府論・西卷》所載「二十八種病」中的「木枯病」略同：「木枯病，爲第三與第八之犯也。即假作〈秋詩〉曰：『金風晨泛菊，玉露宵沾蘭。』又曰：『玉輪夜進轍，金車畫滅途。』」〔註18〕其中「晨」與「宵」皆平聲，「夜」與「畫」皆仄聲，元兢的「護腰術」與「枯木病」唯一的差別就是元兢以爲犯平聲則不爲病。或許「枯木病」是初唐調第三字的一般說法，而元兢則提出了一貫偏好平聲的修正。

　　元兢調聲三術中最重要的或許是「換頭」術，但是最創新的論點應該是「相承」之術。「換頭」討論四句的「頭」（調第一、二字，但特重第二字）的聲調在整首詩中該如何交替配置，算是「平頭」概念的延伸；然「相承」則討論上句中用仄聲過多時，下句如何以較多的

〔註16〕見張伯偉，《全唐五代詩格校考》，頁93。
〔註17〕同前註，頁94。
〔註18〕見《文鏡秘府論校注》，頁439。

平聲來平衡。這在聲律理論的發展中完全是新創的理論。關於「相承」，元兢的說法是：

> 相承者，若上句五字之內，上去入字則多，而平聲極少者，則下句用三平承之。用三平之術，向上向下二途，其歸道一也。三平向上承者，如謝康樂詩云：「溪壑斂暝色，雲霞收夕霏。」上句唯有「溪」一字是平，四字是上去入，故下句之上用「雲霞收」三平承之，故曰上承也。三平向下承者，如王中書詩曰：「待君竟不至，秋雁雙雙飛。」上句唯有一字是平，四上去入，故下句末「雙雙飛三平承之，故云三平向下承也。」〔註19〕

要言之，「相承」就是在上句用上、去、入過多時，下句用連續三個平聲來平衡。下句三平聲安置的位置有「向上承」及「向下承」兩種，向上承是將三平聲安排在下句的上三字，向下承則是將三平生安排在下句的下三字。「相承」的概念跟後人所說的「拗救」有類似之處，用意都是為了都是協調用平、用仄字數的多寡。不過也有學者指出「相承」與「拗救」間精神上的差異，認為相承之法是一個比較寬泛的原則，是一種本於自然的調節方法，而「拗救」的聲調格律則十分嚴格與固定。〔註20〕

　　姑不論「相承」與「拗救」的異同，「相承」算是一種很非常創新的觀念，用以協調兩句間用平、仄用字的數量，使平聲字與仄聲字使用頻率勿相差過大。隋劉善經論「蜂腰」時也曾提過平聲使用頻率的問題，是我們唯一知道在元兢以前碰觸到相關問題的人，也是在這個問題上可能啟發過元兢的人，前面討論梁、陳、隋三代詩歌「律化」的觀念時曾說明過劉善經這段引述劉滔的話：

> 平聲賒緩，有用最多，參彼三聲殆為大半。且五言之內，非兩則三，如班婕妤詩曰：「常恐秋節至，涼風奪炎熱。」此其常也。亦得用一用四：若四，平聲無居第四，如古詩

〔註19〕見張伯偉，《全唐五代詩格校考》，頁94～95。
〔註20〕見蔡瑜，《唐詩學探索》，頁46。

云：「連成高且長」是也。用一，多在第二，如古詩云：「九
州不足步」，此謂居其要也。然用全句，平上可爲上句取，
故無全用。如古詩曰：「迢迢牽牛星」，並亦不用。若古詩
曰：「脈脈不得語」，此則不相廢也。〔註21〕

劉善經這段話反映出其觀念中的要點，第一，平聲因爲聽覺效果較
佳，在四聲中被使用次數最多，一般約佔全詩之半，其他三聲使用次
數總合佔另一半。第二，當平聲字過多（用四字）或過少（僅用一字）
時，則調節法重在平聲配置的位置。五言中若僅用一平聲，則平聲位
在第二字爲佳，若用四字平聲，則平聲不在第四字爲佳。因爲第二、
第四字是重點調聲位置。並不要求用下句或上句的聲調配置來平衡
平、仄字的比例。第三，若平聲使用次數過於極端，例如五言全平，
或五言全平時，似乎也有某種調節方法，不過這裡文字似乎有誤，語
意不甚明白，〔註22〕依據上下文及例句揣測，這種情況或者採用前後
兩句作爲相互平衡的方法來調節，「迢迢牽牛星」五字平聲，下句「皎
皎河漢女」則有四字仄聲，「脈脈不得語」五字仄聲，則上句「盈盈
一水間」有四字平聲，通共十字計來，平、仄使用次數約略接近。這
裡的理論是混沌未明的，僅僅只是暗示了某種字音平衡可能而已，距
離提出一種新理論還有一段距離。最重要的，此論與元兢的「相承」
調聲術比較起來，還有一些基本的差異。元兢僅就「仄聲」過多時用
上三平或下三平來調節，並論及平聲過多時的調節方法，顯示元兢的
觀念中，仄聲使用過多比平聲使用過多更爲忌諱，因此特別提出「相
承」調聲術。又，「上三平」與「下三平」的方法已經是一種具體的
調聲術，而「相承」也是一種新術語的確立，這種「名目」的確立意
義是重大的。與劉善經那種約略性的概念比較起來，元兢可謂取得了
相當的進展。從劉善經起，協調平、仄字數的理論似初步萌芽，而待

〔註21〕見《文鏡秘府論校注》，頁413。
〔註22〕有些學者懷疑「然用全句……故無全用」三句有誤，如羅根澤《中
　　　　國文學批評史》（上海：上海古籍出版社），頁415。

到元兢時理論才日益擴充並形成規範性的條目。

　　當然,元兢可能是受過劉善經這段言論的啓發的。「上三平」、「下三平」的相承法,或許就受到「無居第二」、「無居第四」的一些影響,如「連城高且常」五字中僅第四字仄,劉善經說若用四平字,則平聲「無居第四」,那麼前三字就會是「上三平」,又如「九州不足步」,劉善經說平聲若用一,則「多在第二」,就形成「下三仄」,反過來說如果要平衡上句過多的仄聲,「下三平」也是一種可能,況且,「下三平」也可以避免影響關鍵的第二字,而「上三平」則不會影響第四字。

　　元兢「相承術」的發明使得這一系列「平仄字數平衡」的調節理論,從過去蒙昧未清的混沌狀態,一逕轉而爲清晰具體,而且十分實用。不過前文引述過元兢的〈於蓬州野望〉詩,其中並無使用「相承」調節聲調之實,或許〈於蓬州野望〉正如我們所說,是元兢心目中理想的詩歌聲律形式的展現,〔註23〕而「相承」則應該是在「出現仄聲字過多」時才使用,實是種補救的方法,而非基本的調聲模式,因此不是每詩必用。

　　「相承」的理論中並沒有提到上句「用平」過多時需要用三仄來調節,顯然這樣的調聲僅適用於平聲不足的時候。我們從前文的敘述中已經瞭解到元兢一貫的觀念就對平聲保持盡可能的彈性,他不斷努力希望讓「平聲」使用的機會擴充,讓「平聲」字出現的機會總維持大約在一首詩之半。這樣積極調整的結果,我們不難想像平、仄觀念就也就分化得越來越清楚了。透過元兢,或者元兢這個時代,「平」與「仄」二聲的「對比關係」越來越強化,越來越鮮明,進而分化成爲兩大族類。元兢以前的理論都用「上、去、入」說明非平的三聲,在元兢後不久,舊提王昌齡的《詩格》中,我們就開始看到詩歌的分類出現「五言平頭」與「五言側(仄)頭」的名稱,這是詩格作品中第一次直接以「側」(仄)來說平以外的三聲,這代表二元化的趨勢到元兢以後強勢地發展。從元

〔註23〕詳前文,頁 53～54。

兢的理論一路分析下來，這樣的結果是一點也不意外的。

三、律詩調聲形式質變的關鍵——「換頭術」提出

　　元兢的理論中最引起注意的是「換頭術」，「換頭」就是處理整首詩中每句之「頭」（前二字）如何在聲調上替換。我們從過去的聲律理論中已經看到一句之間、一聯之內之間和兩聯之間的調聲論述，但是這些方法都還沒有談論到整首詩是否應該依據某種固定法則來配置。從初唐前期的理論及統計看來，當時的詩人並沒有考慮到這樣的問題，少數可能考慮過這個問題的詩人（如王績）也只是進行了一些嘗試，對於整首詩各聯間如何銜接、替換尚未提出標準化的規範。當時合於調聲法則的「律聯」已經漸漸明顯地浮現出兩種主要的形式：平起律聯（統計中稱「聯甲」）和仄起律聯（統計中稱「聯乙」）兩種，但是初唐前期的詩歌多半安排聯甲與聯乙在一首詩中隨意運用，並沒有一定的配置規律，這是當時律詩發展的實際情況。從前文的探討中我們也知道了當時詩人們完全偏好兩種形式中「平起」的這一種，在應用上「平起律聯」的使用頻率超過「仄起律聯」很多。不過這種差異到了初唐後期就漸漸弭平，兩種形式的律聯被運用的次數大幅拉近，到了這個時候，「仄起律聯」的地位已經和「平起式」約略平等了。我們從詩歌中可以明顯地看出由「平起律聯」和「仄起律聯」交替配置所構成的「黏式詩歌」在初唐後期是刻意地寫作，並且已經有普遍流行起來的趨勢。這種明顯的轉變並非突然，元兢的「換頭術」就是對應這種現象的理論，下文我們要針對這項調聲法則進行討論。

　　我們從統計中發現初唐後期合乎「黏」的關係的律詩數量大幅增加。文學史上談論「律詩」型式的完成，就是指「黏式律詩」形式的完成。從「聯彼此間自由的排列」到「按照黏式結構連綴全詩」，這中間的轉變不能不說是由「換頭術」普及所致的影響。「換頭術」就是讓整首詩可以依據一定關係黏綴成篇的技巧，它的方法很簡單，就是換「頭」。用「換頭」來配置全詩格律排序方式的理由很簡單，律

聯的形成要不就是平頭，要不就是仄頭，因此研究全篇「頭」（五言詩前兩字）如何配置，就是研究連綴全篇的規律。

「換頭」的方法並不難，不過元兢在說明的時候還沒有辦法用很簡要的抽象言語來表達，他說明的方式是用句例逐一條列。可能因為這個理論尚屬新出，還不容易用抽象的語言去簡單歸納。我們今日所知的「黏」，一字即能說明「換頭」的內容，不過這在當時是不可能的，相對應的術語還要經過一段時間的發展方能成熟。而元兢則著實費了許多的篇幅說明此法，我們能從中歸納出「換頭術」幾條簡要的原則。首先看看元兢怎樣說明「換頭」：

> 換頭者，若兢〈於蓬州野望詩〉曰：「飄颻宕渠域，曠望蜀門隈。水共三巴遠，山隨八陣開。橋形疑漢接，石勢似煙迴。欲下他鄉淚，猿聲幾處催。」此篇第一句頭兩字平，次句頭兩字去上入：次句頭兩字又去上入，次句頭兩字又平。如此輪轉，自初以終篇，名為雙換頭，是最善也。〔註24〕

「雙換頭」就是「頭」中兩字皆換。他先舉出了「雙換頭」理想的狀態，以平起的五言詩為例，句的前兩字按照「平平、仄仄、仄仄、平平」的方法排列，然後循環至終。如果按照此法繼續擴充篇幅，就會形成「平平、仄仄、仄仄、平平、平平、仄仄、仄仄、平平、平平、仄仄、仄仄、平平……」這樣的序列，也就是從第二聯開始，任何新起的一聯的上句之「頭」，都要同於前一聯下句之「頭」，所以「換頭」可以更簡單理解為換「一聯之頭」，即前一聯「平聲」為「頭」，次一聯就「換仄頭」，再次聯又「換平頭」，再次聯又換「仄頭」，如此循環至終。這樣理解起來，「換頭」就會是一個相當容易理解的術語。

這裡的問題是，元兢說明時使用的詞彙是「去上入」而非「仄」（側），調「仄頭」時是否需要顧及上、去、入三聲間的差異呢？我們觀察上述詩例，其中仄「頭」字為「曠望」、「水共」一組；「石勢」、「欲下」一組，其聲調分別是「去去」、「上去」；「入去」、「入去」，

〔註24〕見張伯偉，《全唐五代詩格校考》，頁93。

其中第一組中僅第二字同聲，第二組中兩字聲調皆重複。可以推測「雙換頭」使用「去上入」的頭時，理想上也可能希望做到相「黏」的「頭」重複，「同上」、「同去」或「同入」，如若不然，前後兩句的第一字可不同「上、去、入」三聲，但也盡可能希望兩句的第二字重複「上」、「去」或「入」。畢竟「頭」中仍是以第二字爲要。另一個值得注意的現象是，全詩「仄頭」的第二字都是「去聲」，這說明理論上元兢可能希望仄頭第二字都能用同一個音，就像「平頭」的第二字都同「平聲」一樣。這個推論也可以從元兢稍後說明「拈二」的詩例中證明。「拈二」是「雙換頭」的簡化版本，考慮到實際創作上「雙換頭」的困難，元兢提出另一種較寬鬆的換頭術──「拈二」：

> 若不可得如此，則如篇首第二字是平，下句第二字是用去上入；次句第二字又用去上入，次句第二字又用平。如此輪轉終篇，唯換第二字，其第一字與下句第一字用平不妨，此亦名爲換頭，然不及雙換。又不得句頭第一字是去上入，次句頭用去上入，則聲不調也。可不慎歟！此換頭或名拈二。〔註25〕

「拈二」與「雙換」不同，不調「頭」中的第一字，僅調第二字，操作上限制較小，不過效果上就不如「雙換」。關於「拈二」還有一段話：

> 拈二者，謂平聲爲一字，上去入爲一字。第一句第二字若安上去入聲，第二第三句第二字皆須平聲。第四第五句第二字還須上去入聲，第六第七句第二字安平聲，以次避之。如庾信詩云：「今日小園中，桃花數樹紅。欣君一壺酒，細酌對春風。」「日」與「酌」同入聲。只如此體，詞合宮商，又復流美，此爲佳妙。〔註26〕

所引庾信詩中特別指出「日」與「酌」皆入聲，被認爲「詞合宮商，又復流美，最爲佳妙」，這也印證了在「雙換頭」中我們對「仄頭」的推測──一首詩中「仄頭」的第二字理想上盡可能追求同「上」、

〔註25〕同前註，頁 93〜94。
〔註26〕同前註，頁 93。

同「去」或同「入」。

這也就等於明確地告訴我們，對元兢來說，四聲分立的概念還是很清楚的，雖然「平聲」和「上去入」已經分化爲兩組距離較遠的類型，「上」、「去」、「入」之間彼此的差異還是存在，不會混淆在一起。

四、元兢的歷史地位

元兢理論的成就表現在兩方面，一是對傳統的繼承與修正，二是他在關鍵問題上提出創新的見解。元兢對傳統調聲理論應該十分嫻熟，從這些理論中他提出了一些基本的修正。這些修正方向有兩項特性，第一是賦予「聲病」論較大的彈性，第二是賦予「聲病論」精緻性。前者表現在「使用平聲」的彈性，以及「次要調聲位置」（如第一字）的彈性。以他的舊「八病」與「護腰」術爲例，他的修正策略是「擴大平聲使用」，非關鍵位置「同平聲」通常都不視爲病，這種作法很有效率也很實際。在修正傳統時，元兢同時也使得理論分析更爲精細嚴謹，例如「平頭」病分辨第一、二字的重要性上的差異，強調關鍵的「第二字」，而在調第一字時更進一步分辨「犯平」與「犯上、去、入」的嚴重性有所不同，這也是聲病論精緻化的表現。這些更精細的分析是理論進化的表徵，可以想像如此清晰的分析應該很有助於詩人拿捏病犯的準則。從這個角度來說，元兢對理論的清理的確很具有繼往開來的作用。元兢的主張提供了創作上更大的彈性空間，使得病犯理論趨於務實，使得一向被批評瑣碎或過於嚴苛的病犯法則逐漸鬆綁而更容易爲人所接受。

元兢的理論更重要的影響在突破。他的「換頭術」說明了「律化」最後一步是如何完成，而他提出「相承」調節十字內平聲與仄聲字的數量，或多或少影響了後代「拗救」的觀念。「換頭」說明了新型態格律詩的走向，將全篇律聯隨意排列的形式一轉而成爲固定的律聯配置模式，使得全篇的格律達到一種一致而歸律的循環形式。格律詩到這個階段蛻變出一種嶄新的樣貌，這或許也間接促使古、近體在觀念

上漸漸分化爲相對的概念。

　　或許是因爲在平、仄二聲分化的程度在初唐後期已經漸漸顯著起來，而從元兢的理論中表現出對時代需求的回應。他繼承了傳統而採用務實的態度去修正，又順應新的需求開創出新的觀念與技巧，就以上種種價値來評斷，元兢可以代表調聲理論進入唐代後的又一波高潮。這種高潮不表現在激烈的辯論或過於新鮮刺激的理論，而是表現在務實與圓熟的理論擴充。我們在前文分析梁以來詩歌犯聲病的情況中已經指出元兢關於「犯病」的某些理論實際上是繼承自前朝詩人實際寫作的經驗。〔註27〕演化了兩百年的調聲觀念在元兢的時代大到了空前的成熟，這種成熟一方面是爲了回應時代的趨勢與需要，另一方面也使得格律詩漸漸出劃分成一個獨立的範疇，以致於演變成一種獨立的形式，開啓了壯觀的「律詩年代」。相較起來，同時期留有《唐朝新定詩格》的崔融和《評詩格》的李嶠，在理論中都缺乏像元兢一樣創造性而且關鍵性的理論。崔融的《唐朝新定詩格》論聲病只有「不調病」及「翻語病」兩種，「不調」就是元兢所謂「齟齬」，至於「翻語」用法與元兢同。而李嶠《評詩格》中無有對調聲的論述。因此在理論的發展上，元兢在此時期實居於最重要的理論家的地位。

第二節　初唐後期「換頭律詩」的興起

　　從創作上聲調分析的結果可以瞭解到一個事實，從隋代到初唐前期，詩歌調聲是寫詩必然的形式技巧，在這些時代，調聲不是區分詩歌形式的絕對條件。不過初唐後期在一些新的調聲觀念提出並流行後，格律詩的樣貌漸漸發生一些質變，一種新型態的律詩（「換頭」的律詩）開始流行起來，這就導致「律詩」成爲一種形式嚴格的特殊體式。本節討論的重點是希望透過初唐後期五言平韻詩歌的聲調分析，來說明「換頭」的格律詩相對於與以往調聲詩歌形式上的變化。

〔註27〕詳前文，頁 60～64。

從上一節的理論分析發現，初唐後期是調聲理論的一波高潮，許多相關的形式技巧在應用方式上和理論本身都顯得十分成熟，透過本節的作品分析，我們也希望比對實際作品是否反映了當時理論中的觀念。

一、黏式律詩增加

在詩歌聲調的使用上，初唐後期與前期對照之下最明顯的變化是「仄起律聯」使用的頻率增加了，「平起」律聯不再表現出那麼絕對的優勢，這表示詩歌作者對於兩種形式律聯的使用的習慣改變。「仄起律聯」在初唐前期三十年間出現在調聲詩歌中的頻率與「平起律聯」相比起來相對低了很多，但到了高宗朝後，「仄起律聯」使用次數雖仍稍少於「平起」律聯，但整體看來「仄起律聯」已經取得與「平起律聯」同樣重要的地位。對於「平起律聯」數量仍稍微勝出，我們相信這由於初唐前期的舊習慣延續下來而產生的慣性所致。下表將呈現個別詩人律化分析的數據，排序依據存詩多寡為先後順序，唯五言平韻詩存詩在十首以下的詩人頗多，為了減少對整個時代的觀察上的誤差，存詩十首以下的詩人將不在表格中詳列姓名，而改以整個群組的方式呈現其結果。又，李嶠著名的百二十篇五言四韻詠物詩全是依據換頭術所寫成的律詩，形式上有極高的一致性，下表中將特別列為一組展示其律化情況，並以「李嶠百詠」標示之：

項目 姓名	律句比	對　比	黏　比	律詩比	聯甲（平起律聯）數	聯乙（仄起律聯）數
李　嶠 645？～714？	1673/1738 96.3%	788/869 90.7%	590/680 86.8%	144/189 76.2%	407	397
宋之問 656？～712？	1475/1538 95.9%	654/769 85.0%	455/619 73.5%	98/150 65.3%	335	321
李嶠百詠	931/960 97.0%	433/480 90.2%	338/360 93.6%	107/120 90.8%	235	230
陳子昂 659～700	1132/1258 90.0%	419/629 66.6%	170/513 33.1%	13/116 11.2%	293	162

沈佺期 ？～713	1398/1434 97.5%	623/717 86.9%	448/604 74.2%	79/113 69.9%	326	303
駱賓王 627？～684？	1236/1258 98.3%	525/629 83.5%	322/521 61.8%	32/108 29.6%	321	244
盧照鄰 634？～686？	846/880 96.1%	343/440 78.0%	158/363 43.5%	13/77 16.8%	192	159
王　勃 650～676？	429/448 96.2%	193/223 86.5%	102/157 64.9%	32/66 48.5%	138	85
張　鷟 （675 擢進士第）	278/288 96.5%	102/144 70.8%	30/82 36.6%	17/62 27.4%	75	41
李　乂 657～716	243/248 98.0%	118/124 95.1%	85/96 88.5%	20/28 71.4%	59	61
杜審言 645？～708	406/412 98.5%	195/206 94.6%	160/172 93.0%	27/34 79.4%	107	102
楊　炯 650～693？	341/346 98.6%	162/173 93.6%	124/144 86.1%	19/29 65.5%	85	86
崔　湜 671～713	253/260 97.3%	118/130 90.7%	89/104 85.5%	16/26 61.5%	64	58
鄭　愔 ？～710	235/246 95.5%	110/123 87.0%	78/98 80.0%	13/25 52.0%	53	59
徐彥伯 ？～714	217/262 82.8%	79/131 60.3%	42/111 37.8%	6/20 30.0%	42	41
劉希夷 650～？	217/236 91.9%	81/118 68.6%	47/98 48.0%	7/20 35.0%	45	37
上官昭容 664～710	118/120 98.3%	49/60 81.7%	25/41 61.0%	5/19 26.3%	27	24
董思恭 （高宗時任中樞舍人）	121/126 96.0%	46/63 73.0%	21/47 44.7%	4/16 25.0%	28	18
蘇味道 648～705	156/158 98.7%	69/79 87.3%	49/64 76.5%	9/15 60.0%	34	34
劉憲 ？～711	138/140 98.6%	64/70 91.4%	32/55 58.2%	5/15 33.3%	36	32

崔　融 653～706	123/128 96.1%	54/64 84.4%	39/53 73.6%	7/11 63.6%	30	31
則天皇后 624～705	91/94 96.8%	39/47 83.0%	17/36 47.2%	2/11 18.2%	28	15
十首以下詩人 作品合計	1782/1858 95.9%	753/929 81.1%	448/743 60.3%	75/186 40.3%	430	346
初唐後總計	12903/13474 95.8%	5508/6737 81.8%	3279/5401 62.2%	669/1336 50.1%	3068	2533

　　從表格中觀察到本時期與初唐前期在律化上最大的差異就是「黏比」這個項目的比率明顯提高了。初唐前期全部詩歌聯間成「黏」的關係的僅有36.9%，到初唐後期這比率提高到50.1%。初唐前期「黏律」最高的詩人是王績，其「黏比」值是49.0%，初唐後期「黏化」最高的詩人是杜審言，他所由下的34首五言平韻詩歌中「黏比」驚人地高達93.0%，而「黏」的項目上直追杜審言的是本時期另一位作家李嶠，其詩歌「黏比」也高達86.8%。李嶠顯然比杜審言更能說明當時「黏」的形式高度發展的狀態，李嶠五言平韻詩共有189首，是同時期存詩最多的詩人，在他全部1,738個詩句中有96.3%符合我們定義的「律句」標準，在這些詩句構成的869個「聯」中，使用「聯甲」和「聯乙」共804次，考慮到部分詩句缺字或少數單字電腦程度式無法判讀的情況，李嶠的「聯」可謂幾乎完全是用「律聯」寫成的。而他的「律聯」卻不是像初唐前期那樣將兩種律聯隨意安置，他使用「平起律聯」407次，「仄起律聯」397次，兩種律聯使用次數接近1：1。這當然不是巧合，從他的「黏比」高達86.8%看來，他幾乎就是將「平起」與「仄起」的律聯交叉配置成詩歌，這些精心的安排是爲了什麼呢？爲的就是要展現一種形式上的美感，這種形式就是「換頭」的律詩。在李嶠的189首詩中，有多達144首是這種極爲規律的換頭律詩，數量爲初唐之冠，換句話說，李嶠詩歌的主要內容就是換頭的格律詩。

　　李嶠的例子不是特例，我們發現本時期所有「黏比」超過70%的詩人使用「平起律聯」和使用「仄起律聯」的比例都很接近1：1，

這意味著爲了要達到「換頭」的形式美感，詩人使用「聯甲」與「聯乙」的機會就趨於平均。這些詩人是前面說過的李嶠、杜審言之外，還有宋之問、沈佺期、李乂、楊炯、崔湜、鄭愔、蘇味道、崔融。這些詩人還有另外一個共通的特色，他們那些嚴格遵守換頭規範的律詩數量都佔據各自作品一半以上，同樣的，在他們的詩歌中，「換頭」的律詩是他們創作的主體。

　　相反的，上表作家中使用「聯甲」和「聯乙」的次數若相差過大，該作家的「對比」和「律詩比」相對都較低。陳子昂幾乎每首詩歌中或多或少都使用到「律聯」，但是使用的規則很鬆散，有時一首詩中只用一次律聯，詩句雖多爲律句，但失對頗多，他的「對比」值低於當時的平均值很遠。陳子昂使用「聯甲」與「聯乙」的比例接近 2：1，「黏比」只有 33.1%，116 首詩歌中換頭律詩僅僅只有 13 首。類似的情況也發生在張鷟、董思恭和武則天身上。他們在「黏比」與「律詩比」的表現上都已經低於本期的平均值。這些少數不追求「換頭」的作者已經落後於時代了，他們的表現大概是接近初唐前期的作者們。其他落後於本期平均值的是徐彥伯和劉希夷，他們由於「黏比」過低，導致換頭的律詩比例也偏低。

　　在我們記名列表的二十二家中，上列那些努力追求「換頭」之美的詩人佔了十家。就本時期平均而言，50.1%的「律詩比」告訴我們「換頭律詩」佔所有五言平韻詩的一半，也就是說每兩首詩就有一首嚴格遵循「換頭」法則的律詩，相對於初唐前期的 16.1%比例，初唐後期「換頭律詩」的成長是驚人的。這等於告訴我們，在這個新的時代中，「換頭律詩」的時尚大規模地蓬勃起來。這個現象是初唐後期詩歌格律化最顯著的特徵，這也回應了從理論探討中得到的結論：七世紀後半期是詩歌形式發展的一波新的高峰，其表徵就是「換頭律詩」的興起。

二、所謂律詩「定型」

　　文學史上論律詩定型的問題習慣標舉沈佺期、宋之問二人，《新

唐書‧文藝傳》云:「唐興,詩人承陳、隋風流,浮靡相矜。至宋之問、沈佺期等,研揣聲音,浮切不差,而號『律詩』,競相研習。」〔註28〕明人胡應麟在其《詩藪》中說:「五言律體肇自梁、陳,初唐四子靡縟相矜,時或拗澀,未堪正始。神龍以還,卓然成調,沈、宋、蘇、李和軌於先,王、孟、岑、高並馳於後……。」〔註29〕胡應麟先言沈、宋,後言蘇、李,說明他認為沈、宋是律詩定型最關鍵的人。

當代學者對這個問題意見不甚相同,有些學者對於「律詩定型於沈、宋」的問題提出質疑,但也有些學者認為這個說法仍值得採信。鄺健行指出元兢早在上元、儀鳳之間就已提出換頭術,認為律詩定型理論之功在於元兢。〔註30〕他又指出宋之問句聯對黏程度不如當時許多詩人,因此質疑將律詩定型歸於沈、宋之說。杜曉勤曾針對鄺健行這個說法提出反駁,認為元兢雖發現換頭之述,但可能未將此術公開,或者是在這種技巧的流傳上沒有引起足夠的影響。〔註31〕細究起來,這兩種說法都未盡之處,首先,從上表的統計中發現宋之問的詩歌律化程度並不低,相反的,他的「聯中對比」和「聯間黏比」都高出當時的平均值和許多同時的詩人,他150首平韻五言中有98首換頭的律詩,這個數字還超過沈佺期的79首,除李嶠之外,他是同時期留下最多換頭律詩的詩人。至於元兢的理論流行與影響的層面,在欠缺進一步的證據之前,恐怕是很難論斷的。況且,不管是否是受到元兢理論的影響所致,「黏式律詩」的確是初唐後期的詩歌主流。「律詩定型」的問題應該如何看待呢?這個問題便似乎有進一步討論的必要。

從前文的研究中可知,初唐前期的「律詩」基本上指的就是「換頭」的律詩,這一點無疑是「換頭術」廣泛應用的結果。若就理論的提出而言,元兢是我們所知道初唐後期最重要,成就最卓著、影響也

〔註28〕見《新唐書》,201/5738。

〔註29〕明胡應麟,《詩藪》(台北:廣文,西元1973年),內編卷四。

〔註30〕鄺健行,〈初唐五言律體律調完成過承之考察〉,《唐代文學研究》(廣西:師範大學出版社,西元1992年),第三輯,頁515~516。

〔註31〕見杜曉勤,頁66~67。

最大的格律理論家。只不過我們不能十分確定元兢是總結了當時詩人創作的心得，抑或「換頭」的見解是由他新創。

　　不論如何，我們仍應就若就創作層面（也就是具體實踐這些聲律理論的層面）進行研究。透過上列數據分析，會發現留下最多律詩的是李嶠，而非沈、宋，同時李嶠不論在「黏比」與「律詩比」的項目中都超過沈、宋。這很可能意味著李嶠對於律詩的興趣與專注超越沈、宋，也超越同時代大部分詩人。李嶠不但留下了最多換頭律詩，而且他有一套共一百二十首的詠物詩組是專門依據律詩格律寫成的。就李嶠百二十首百詠物詩的律化程度來看，其「黏比」高達 93.6%，使用「聯甲」235次，「聯乙」230 次，120 首幾乎全是四韻換頭律詩。

　　「李嶠百詠」的出現不是偶然，這組詩的創作被認為具有實際的目的，而這個目的就是提供創作上的范式，具有工具書的功能。葛曉音曾就「李嶠百詠」的性質提出看法，他根據一些線索認為「百詠」的目的是為了律詩寫作提供一套模範。首先，李嶠百詠與白居易的新樂府、李翰的「蒙求」在日本並列為平安時代傳入中國三大幼學啓蒙書。又，天寶六年張庭芳為「百詠」作注，序言：「庶有補於琢磨，俾無至於疑滯，且欲啓之童稚焉。」〔註32〕這說明「百詠」很有可能是為了學習律詩寫作而作。〔註33〕其次，「百詠」詩題的編排依據乾象、坤儀、芳草、嘉樹等次第排列，與類書相似，而其中所用多是熟典，比較像是為初入門的學詩者所設計。其三，「百詠」一百二十首所詠物名與《初學記》相同的十二種，編排次序亦大致相近。又，「百詠」所用典故與《初學記》相同的也不少，難度甚至比《初學記》更淺一點。〔註34〕綜合以上，「李嶠百詠」被認為「顯然不是一般的詩歌創作，而是為了給初學者提供一種律詩詠物用典的范式。」〔註35〕

〔註32〕葛曉音，〈創作范式的提倡和初盛唐詩的普及〉。（《文學遺產》，西元1995 年，no.6）。頁 30～31。
〔註33〕同前註，頁 30～41。
〔註34〕葛曉音，《山水田園詩派研究》（瀋陽：遼寧大學，西元 1994 年）。
〔註35〕葛曉音，〈創作范式的提倡和初盛唐詩的普及〉，頁 32。

我們認爲這樣的看法有其道理。如此則李嶠不但本身專注於寫作新型態的換頭律詩，他的「詠物百二十首」還說明了他積極提倡律詩寫作的態度。

　　李嶠對律詩普及的影響不容忽視的另一個重要原因是，他在政壇與文壇的地位遠比沈、宋來得高。武后時修《三教珠英集》，這個龐大的修書工作就是由李嶠主持，而沈、宋則是參與修纂的學士，《新唐書・文藝傳》載：「武后修三教珠英書，以李嶠、張昌宗爲使，取文學士綴集，於是（李）適與王無競、尹元凱、富嘉謨、宋之問、沈佺期、閻朝隱、劉允濟在選。」〔註36〕又《新唐書・張昌宗傳》：「詔昌宗撰三教珠英於內，引引文學之士李嶠、閻朝隱、徐彥伯、張說、宋之問、崔湜、富嘉謨等二十六人，分門撰集。」〔註37〕此外，李嶠還是以文學知名的宰相，《新唐書・張柬之傳》云：「長安中，武后謂狄仁傑曰：『安得一奇士用之？』仁傑曰：『陛下求文章資歷，今宰相李嶠、蘇味道足矣』。」〔註38〕中宗景龍二年置修文館學士，《新唐書・文藝傳》有一段記載說明這些學士的等第：

> 中宗景龍二年，始於修文館大學士四員，學士八員，直學士十二員，象四時、八節、十二月。於是李嶠、宗楚客、趙彥昭、韋嗣立爲大學士，（李）適、劉憲、崔湜、鄭愔、盧藏用、李乂、岑羲、劉子玄爲學士，薛稷、馬懷素、宋之問、武平一、杜審言、沈佺期、閻朝隱爲直學士。〔註39〕

李嶠出任的是最高等級的「大學士」，大學士下有「學士」，再次才是沈、宋所充任的「直學士」。從武后到中宗朝，李嶠在文壇與政壇的地位都高於沈、宋。特別在文壇，李嶠實居於領導的地位，張說〈五君詠〉中「李趙公嶠」說：「李公實神敏，天才乃天授。……故事遵台閣，新詩冠宇宙」，「新詩」所指應該就是換頭律詩。又，《新唐書・

〔註36〕見《新唐書》，202/5747。
〔註37〕見《新唐書》，78/2707。
〔註38〕見《新唐書》，120/4323。
〔註39〕見《新唐書》，202/5747。

李嶠傳》說：「（李嶠）爲文章宿老，一時學者取法焉。」〔註40〕反應
出他在文學上的影響力。

　　李嶠不但律詩格律化的程度冠於一時，其詠物一百二十首也說明
他積極地建構律詩的范式，再加上他在文壇上具有較高的影響力，我
們相信李嶠是初唐後期引領「換頭律詩」流行的最重要的實踐者之
一，在律詩發展的歷史上他的地位不容忽視。

　　然而傳統上論律詩定型均稱沈、宋而不及李嶠，這是爲什麼
呢？我們從文獻耙梳中得到一些線索。首先，沈、宋很可能更直接
地探討甚至提倡聲律理論，或是在寫作上特別擅長詩歌調聲之術，
前引《新唐書・文藝傳》說沈、宋「至宋之問、沈佺期等，研揣聲
音，浮切不差，而號『律詩』」，元稹在其〈唐檢校工部員外郎杜君
墓系銘序〉說：「沈、宋之流研煉精切，穩順聲勢，謂之爲律詩。
由此而後，文變之體極焉。」〔註41〕又《新唐書・文藝傳》中有另
一段記載說：「及（宋）之問、沈佺期，又加靡麗，回忌聲病，約
句準篇，如錦繡成文，學者宗之，號爲沈、宋。」〔註42〕這段話直
指二人「回忌聲病」，前兩例說「研揣聲音」、「研練精切」，是不是
二人對於律詩音律的協調配置有特別獨到之處呢？或是他們曾經
探討並提倡聲病論呢？其二，「律詩」定型於「沈、宋」之說也有
可能是因爲兩人提出了「律詩」這個新的名詞來指稱當時這種新興
的詩歌形式。上列引文中「至宋之問、沈佺期等，研揣聲音，浮切
不差，而號『律詩』」，元稹爲杜甫寫的墓誌也說「沈、宋之流研煉
精切，穩順聲勢，謂之爲律詩。由此而後，文變之體極焉。」兩者
提到「號律詩」、「謂之爲律詩」，會不會是「律詩」之名是從沈、
宋流行起來的，因此後人論律詩便稱沈、宋。其三，則牽涉到律詩
篇幅的問題，沈、宋可能提倡過六韻十二句的律詩，獨孤及《唐故

〔註40〕見《新唐書》，123/4371。
〔註41〕唐元稹撰，《元氏長慶集》（台北：中華書局，西元 1965 年）。
〔註42〕見《新唐書》，202/5751。

左補闕安定皇甫公集序》云:「(五言詩)歷五千載,至沈詹事、宋考功始裁成六律,彰施五色,使言之而中倫,歌之而成聲,緣情綺靡之功,至是乃備。」〔註43〕文中說律詩到沈、宋時「始裁成六律」,是不是他們曾特別推崇六韻十二句律詩,或者是賦予六韻律詩特別的意義呢?一般說來換頭律詩篇幅限制不嚴,四韻、六韻、八韻是較常使用的篇制,而下文的研究將指出至少到初唐為止,一般較流行律詩乃是以四韻八句成篇,如果說沈、宋將律詩「裁成六律」,似乎不符合社會上一般的常態。不過,這種不合常態的情形也發生在唐代科舉考試的場域中,科舉雜文試詩慣用的篇幅也不是一般所偏好的四韻八句,而多半規定以六韻十二句成篇,這幾乎是科場試詩常態,只有很少數的例外。六韻既是科場中習用的篇製,士人對於這種詩歌的寫作自然會特別留意,這是制度層面帶來的影響。另外,在沈、宋「裁成六律」的說法之前,關於律詩的篇幅並無特殊的討論,而依常理推想,在確立以六韻試詩的常例之前,考試的篇幅相信是經過一番琢磨與討論的,沈佺期曾於長安二(西元702年)年知貢舉,〔註44〕宋之問於景隆(西元707~710年)中任考功員外郎,〔註45〕時間距離換頭律詩興起尚不久,當時試詩的風氣還未成熟,不過,下文研究唐代科舉試詩情況的結果將顯示,在此後很短的時間內,約在玄宗開元(西元713~741年)以後,雜文試詩就越來越頻繁,往後幾呈常態。沈、宋會不會在這個議題上發生過一定的影響力呢?這些線索或有待日後繼續追索。

　　陳鐵民曾提出「律詩定型於初唐諸學士」的看法,〔註46〕認為律詩是這些宮廷學士共同激盪創造的結果。他在〈律詩定型於初唐諸學士〉一文中引述余恕誠的觀點,認為初唐宮廷詩苑始終居於詩壇的

〔註43〕唐皇甫冉撰,《唐皇甫冉詩集》(台北:商務印書館,西元1966年)。
〔註44〕徐松撰,孟二冬補正,《登科記考補正》(北京:燕山出版社,西元2003年),頁159。
〔註45〕《新唐書》,202/5752。
〔註46〕陳鐵民,〈律詩定型於初唐諸學士〉。收入《文學遺產》,西元2000年。

中心地位，這對詩壇的風氣有直接的影響，又認爲在這個問題上影響最大的是武后時的珠英學士和中宗時的修文館學士。前文已扣出武后時期的珠英學士包含李嶠、李適、沈佺期、宋之問等二十六人，中宗時的修文館學士包括了李嶠、崔湜、李乂、杜審言、沈佺期等二十四人。陳鐵民指出其中徐彥伯、李嶠、沈佺期、宋之問、崔湜先爲珠英學士，後爲修文館學士，而李乂與杜審言爲修文館學士，這些人都是在初唐後期寫作黏式律詩較高的詩人。而理論家元兢雖然官運不如前列許多學士文人通達，不過他在高宗龍朔時期（西元 661 年）年曾任周王府參軍，總章（西元 669 年）中任協律郎，雖非修文館學士，卻曾與學士們同修《芳林要覽》，與諸學士在文學上應有所往來，這些或許與當時他提出種種調聲理論有所關連。

　　《新唐書‧李適傳》說明了修文館學士的文學侍從的性質：

> 凡天子饗會游豫，唯宰相及學士得從。春幸梨園，並渭水
> 祓除，則賜細柳圈辟癘；夏宴蒲萄園，賜朱櫻；秋登慈恩
> 浮圖，獻菊花酒稱壽；冬幸新豐，歷白鹿觀，上驪山，賜
> 浴湯池，給香粉蘭澤，從行給翔麟馬，品官黃衣各一。帝
> 有所感即賦詩，學士皆屬和。當時人所歆慕，然皆狎猥佻
> 佞，忘君臣禮法，惟以文華取幸。〔註47〕

學士集團主要的工作之一是在君主宴集遊豫時唱和詩歌，他們很能反映出宮廷詩歌審美的取向，而他們文學創作的交流可能很密集，再加上學士集團經常擔任官定圖書的編纂工作，彼此之間文學上的相互影響可能是很密切的。因此我們並不意外學士集團中許多詩人的律詩都達到相當高的律化程度，他們對於換頭律詩的流行或許的確發揮了一定的影響力。

　　雖然沈、宋在身後聲名超過其他宮廷學士，但在一些資料中顯示他們在世的時候文學上的聲望大約略低於李嶠、蘇味道，或是勉強與蘇、李齊名。李嶠、蘇味道二人在武后朝官居宰相，在此之前他們文

〔註47〕《新唐書》，202/5748。

學上的表現很早就受到重視，並以「蘇、李」的名號見知，《舊唐書‧
蘇味道傳》云：「蘇味道，趙州欒城人也，少與鄉人李嶠俱以文辭知
名，時人謂之蘇、李。」〔註48〕《舊唐書》有一段對話：「上謂（蘇）
頲曰：『前朝有李嶠、蘇味道，謂之『蘇、李』，今有卿（蘇頲）及李
乂，亦不讓之』。」〔註49〕玄宗把當朝的蘇頲、李乂比作前朝的蘇、
李，可知蘇、李名極勝於一時。除「蘇、李」之外，李嶠、蘇味道還
與崔融、杜審言以「文章四友」之名並稱，《新唐書‧杜審言傳》云：
「（審言）少與李嶠、崔融、蘇味道為文章四友，世號『崔、李、蘇、
杜』。」〔註50〕

前文引述《新唐書‧宋之問傳》論及沈、宋與律詩的關係，茲將
整段話引述如下：

> 魏建安後汔江左，律詩屢變，至沈約、庾信，以音韻相婉附，
> 屬對精密，及（宋）之問、沈佺期，又加靡麗，回忌聲病，
> 約句準篇，如錦繡成文，學者宗之，號為「沈、宋」。語曰：
> 「蘇、李居前，沈、宋比肩」，謂蘇武、李陵也。〔註51〕

「蘇、李居前」所指應非是蘇武、李陵，此段論律詩，又言「建安」
以後，應與蘇武、李陵無涉，「蘇、李」所指應該就是與沈、宋同時，
也以「蘇、李」並稱的蘇味道、李嶠。這裡說「蘇、李居前，沈、宋
比肩」，蘇、李對律詩的影響在當時看來未在沈、宋之下。綜觀而言，
律詩格律奠定於「以宮廷學士為中心的文人集團」這種論點是很有參
考價值的。

不論律詩定型於沈、宋的說法是如何形成的，若從整個律詩發展
的歷史來看，我們都應該可以理解「律詩」格律這一套複雜的系統絕
非是少數一、兩人就可以建構起來，也非少數人就可以讓它「定型」。
這套系統不但總結了歷史上的經驗，而且還受到社會風氣和文化生活

〔註48〕《舊唐書》，94/2991。
〔註49〕《舊唐書》，88/2880。
〔註50〕《新唐書》，210/5736。
〔註51〕《新唐書》，202/5751。

中許多面相的影響，乃是經過長時間的演變而累積出來的成果。實際就量化分析的結果來看，在初唐後期與同期詩人比較起來，沈、宋五言詩律化程度雖然略高，但程度仍然是在潮流的大趨勢之中。所以，不論就理論或創作的情況看來，若要說沈、宋引領五言詩格律的發展，或說他們固定了五言詩的形式，這種論點都欠缺更有力的證據。

　　綜合前論，與其說「律詩定型」，不如說是格律詩到了初唐後期有一波新的、大規模的變革，這種變革就是「換頭律詩」的興起。當時「不換頭」的律詩還維持著初唐前期的調聲狀態，這些「不換頭」的詩也是格律詩，一樣協調聲調，只是不換頭而已。而傳統上說的「律詩定型」的問題，不如說是「格律詩」走向「換頭」的潮流，這個潮流關連到當時的一批學士、文人的影響，換頭律詩實踐上以李嶠為大宗，理論上以元兢為縝密，這是初唐後期整個詩歌格律化的概況。

餘論　律詩之發展與科舉

　　本節希望透過科舉試詩的情況說明律詩發展對唐代科舉的影響，更重要的是藉此說明唐代律詩的一些性質。關於唐代科舉考試試詩的情形，則依據《登科記考》〔註1〕所載資料，就年代、考試科別、試題、詩人、篇幅等項目逐一編年列表如附件以備參考。

一、律詩的發展影響科舉試詩

　　科舉試詩以進士科為主，制舉也試詩，《登科記考》中對於博學宏詞科試詩題偶有記載，但制舉試詩相關的資料保留下來的相對少得多。早期進士科考試考試主要試策，傅璇琮曾舉出《唐會要》中的兩條記載說明唐高宗調露（西元 679～680 年）、永隆（西元 680～681 年）間加試雜文的轉變。這兩條記載如下：

　　　調露二年四月，劉思立除考功員外郎。先是進士但試策而已，思立以其庸淺，奏請帖經及試雜文，自後因以為常式。
　　　〔註2〕

　　　永隆二年八月敕：……進士不尋史集，惟誦文策，銓綜藝能，遂無優劣，自今以後，明經每經帖十得六已上者，進

〔註 1〕　清徐松著，趙守儼點校，《登科記考》（北京：中華書局，西元 1984年）。
〔註 2〕　同前註，頁 76。

　　士試雜文兩者，視文律者，然後令試策。〔註3〕

《登科記考》中也對此詔文有類似的記錄，其言：「明法並書、算貢
舉人，亦量準此例，即爲常式。」〔註4〕這裡所謂「加試雜文」應該
是指試雜文成爲較固定的常式而言。而「雜文」項目頗多，《登科記
考》永隆二年條中徐松對「雜文」略有說明：

　　按雜文兩首，謂箴、銘、論、表之類，開元間始以賦居其
　　一，或以詩居其一，亦有全用詩賦者，非定制也。雜文之
　　專用詩賦，當在天寶之間。〔註5〕

我們從《登科記考》的編年記載中大致也可以看出這樣的趨勢。屬於
「雜文」的項目頗多，除徐松說的箴、銘、論、表外，詩、賦亦屬雜
文項目，其中以試「賦」最爲常見，不過每年選考的雜文形式並不一
樣，以顯慶四年（西元 659 年）爲例，進士科雜文試題是〈關內父老
迎駕表〉和〈貢士箴〉，〔註6〕光宅二年（西元 685 年）進士雜文試題
是〈九河銘〉與〈高松賦〉。表、箴、銘、賦皆爲雜文試題，至於常
態性試詩的時間較晚，開元年間只有二年（西元 714 年）、十三年（西
元 725 年）、十九年（西元 731 年）、二十二年（西元 734 年）、二十
六年（西元 738 年）、二十七年（西元 739 年）有關於認試詩題及寫
作內容的記載，天寶年間則是四載（西元 745 年）、十載（西元 751
年）、十五載（西元 756 年）有相關記載，〔註7〕大歷以後之後的試詩
題及詩作便有較常態性的記錄了。

　　唐代詩歌的發展很容易被認爲是受到科舉取士的影響，嚴羽
《滄浪詩話》說：「唐以詩取士，故多專門之學，我朝之詩所以不
及也。」〔註8〕若從科舉考試的內容與詩歌發展的脈絡來看，這種

〔註3〕同前註，頁 75。
〔註4〕清徐松著，孟二冬補正，《登科記考補正》（北京：燕山出版社，西
　　　元 2003 年）2/85。
〔註5〕清徐松著，趙守儼點校，《登科記考》（北京：中華書局，西元 1984 年）。
〔註6〕《登科記考補正》，2/54。
〔註7〕見《登科記考補正》卷五至卷九。
〔註8〕〔宋〕嚴羽撰，《滄浪詩話》（板橋：藝文印書館，西元 1966 年）。

說法便需要修正。科舉試詩最早的記錄是高宗鳳儀四年（西元 679 年）制舉所試〈朝野多歡愉詩〉，[註9] 前此都沒有試詩的記錄，而唐初以來科舉考試主要試策，試詩是在高宗朝後期才開始的。我們從前文的研究中可知律詩格律大約是在高宗、武后時期奠定了新的、較固定的體式（換頭律詩），在這一波律詩的高潮中，換頭律詩取得了主流的優勢，成為律詩最重要的意涵。考試需要一定的標準，律詩嚴明的格律正好符合這種需求。《冊府元龜》載：「自國初以來，試詩賦、帖經、實務策五道，中間或暫更改，旋即仍舊，蓋以成格可守，所取得人故也。」[註10] 雖然史實並非自國初以來即試詩賦，不過詩賦格律標準分明，有利於科場客觀的需要則是事實。其實，科舉試詩必須是要在格律發展成熟到一定的階段，並且廣範圍社會接納之後才有可能實施，而唐初科舉試詩的實際情況正好說明了這個事實。從附表二的看來，詩賦入詩的時間以盛唐以後為常，這應該就是受到初唐律詩蓬勃發展的影響所產生的結果。至少就初唐來說，並不是科舉考試促進了詩歌的繁榮，正好相反，律詩的繁榮使得科舉考試越來越重視詩歌。

二、格律發展與初唐五言詩的篇幅

　　下文將會指出唐代科舉試詩主要是以六韻十二句的形式為主，這與後代所認知的最具代表性的八句律詩不同，這個問題我們從格律發展的脈絡中或許可以得到一些答案。前文曾論及李嶠詠物一百二十首的詩組是初唐最早的八句律詩創作集合，李嶠因此成為初唐寫作最多八句律詩的詩人。根據近人向麗頻的統計，似乎初唐以來詩人寫作五

[註 9] 陳尚君〈登科記考正補〉（載《唐代文學研究》第 4 輯，（廣州師範大學，西元 1993 年））引唐梁璵墓誌：「殆乎冠稔，博通經史，諸所著述，眾挹清奇，制試文〈朝野多歡愉詩〉、〈君臣同德賦〉及第。」梁璵墓誌見周紹良主編，《唐代墓誌彙編》（上海：古籍出版社，西元 1992 年）開元 363 條，頁 1407。

[註10] 〔宋〕王欽若等編，《冊府元龜》（北京：中華書局，西元 1989 年），頁 641。

言詩時有偏好以八句成篇的傾向，以初唐後期的李嶠為例，共有 166 首八句五言詩，佔他全部五言詩的 86%，其他如杜審言、徐彥伯、駱賓王、李乂、沈佺期、崔湜、劉憲、鄭愔等人的五言詩中，八句型式的篇章都在作品半數以上，而王勃、楊炯、陳子昂、張說等人使用八句的形式寫作的五言數量也接近作品總數之半。從整個統計結果來看，八句形式的詩歌從齊、梁以來逐漸被運用得較廣泛，而初唐時期八句型式的詩歌最為熱門。〔註11〕在這些詩人中，李嶠自然是因為「百詠」大規模的創作八句律詩因而在這項統計中顯得很突出，而杜審言 35 首詩歌中八句成篇的有 28 首，比例也高達 80%。

　　向麗頻在他的研究中指出五言八句逐漸變成較強勢旳詩歌形式肇始於齊梁，他並推測這是因為齊梁以來開始「轉拘聲韻」，精研形式的結果使得篇幅過大的篇章因為寫作太過困難而較不受青睞。但這無法解釋為何八句的形式會特別受到歡迎，而非是六句、十句或十二句。因此他也舉出《南齊書‧樂志》中的一段記載說明八句的形式是來自於一些歷史經驗與討論的，這段記載是這樣的：

> 永明二年，尚書殿中曹奏：「……漢世歌篇，多少無定，皆稱事立文，並多八句，然然轉韻。時有兩、三韻而轉，其例甚寡。……進士王韶之、顏延之並四韻乃轉，得賒促之中。顏延之、謝莊作三廟歌，皆各三章，章八句，此於序述功業詳略為宜，今宜依之。」〔註12〕

從這段話中可知當時八句一轉韻的形式在音韻效果上以及內容表現上都似乎被認為是較理想的篇幅。如果篇制縮小，那麼八句似乎是能夠符合歷史經驗的。向麗頻也在他的研究中認為詩人創作活動型態轉變與寫作內容也導致八句形式偏多的現象。

　　這個論點似乎找到了一些以八句成篇的一些淵源，但卻不能解答

〔註11〕向麗頻，《南北朝至初唐五言律詩格律形成之研究》（中山大學碩士論文，西元 1994 年），頁 8。

〔註12〕《南齊書》，11/179。

另外一個問題，那就是，根據其統計，初唐詩歌偏好運用八句式的程度雖略同於陳，卻明顯超過齊、梁、隋，而初唐後期又略高於初唐前期。齊、梁、隋三代以八句成篇的詩歌約在三成，陳代約五成，初唐前期個別差異較大，平均約在四、五成之間，而初唐後期的詩人使用五言八句式多約在半數，也有不少使用率在六成以上的詩人。就整個情況看來，初唐後期使用五言八句式的傾向是更為突出的。

初唐後期詩人更為偏好五言八句的形式，應該有其時代的特殊性，而五言律詩格律的發展正好可以對應這種現象。前文探討過初唐後期是「換頭律詩」理論與實踐的完成期，元兢提出的「換頭術」在詩人的創作中充分表現出來，「換頭律詩」的構成必須依據「平起律聯」與「仄起律聯」交錯配製而成，因此，兩聯（平起與仄起各用一次）可以構成最小篇幅的律詩，如此配置再循環複製一次，則成為四聯（四韻）八句律詩，再循環複製一次則成為六聯（六韻）十二句律詩，基本上會以兩聯的倍數為篇幅主要的基準。而十六句或十六句以上的律詩也當然也都是有可能的。不過，或許是因為換頭律詩的發展時間未久，初唐後期的作品中，八句還是最受歡迎的篇幅，它暗和了過去歷史的經驗，也符合最新的格律要求。從南朝以來，以初唐後期詩人最為偏好五言八句的篇幅，這不能不說是受到了當時格律發展結果的影響。

既然科舉考試是受到律詩流行的影響，而且科舉考試試詩的目的之一即在測試舉子對於詩歌形式的瞭解，在此提出一個未來研究的方向，那就是「科場試詩」的作品是否能反映出某種公定的調聲模式，從這個問題繼續追索，應該可以說明唐代律詩從初唐以後繼續發展的某些問題。

三、以六韻十二句為主要形式的科舉試詩

雖然初唐時期五言詩的創作偏好八句的形式，但這個常態在唐代的科場中卻不適用，從《登科記考》中所有記載的科考試詩的記錄看

來，唐代科舉試詩的篇幅乃是以六韻十二句律詩爲常態。附表二可以清楚的顯示這個現象，試詩絕大多數都是整齊的六韻十二句。試詩中也有少有四韻八句的詩，留下四韻八句的詩人分別是開元二年（西元714年）應制舉的史青、開元二十六年（西元738年）進士科崔述、貞元十四年（西元798年）進士科呂溫、王季友、乾寧二年（西元895年）王貞白（考科不詳）。特別值得提的是開元二十六年（西元738年）進士科試〈明堂火珠詩〉，除崔述留下四韻八句一首，另有南巨川留下六韻十二句一首，又上元二年（西元761年）試〈迎春東郊詩〉，王綽有六韻一首，張濯則有八韻一首，可能該年試詩的篇幅並無特殊限定。又，貞元十四年（西元798年）進士科試〈青出藍詩〉，《登科記考》注云：「題中用韻四十字成」，〔註13〕則是明確規範了用韻及篇幅。很特別的是，這是限定用四十字（四韻八句）成篇的唯一記載，其他有關篇幅的限制多是限定六韻十二句（六十字成）。除了試四韻八句和六韻十二句之外，天寶四載博學宏詞科試〈玄元皇帝賀聖祚無疆詩〉，殷寅、李岑、趙驊均作八韻十六句，或許當年試詩即限定八韻成篇。開元十三年（西元725年）試〈終南山望餘雪詩〉，《唐詩紀事》記載了祖詠試此詩時的故事：「四句即納於有司，……或詰之，對曰：『意盡』」，這是唯一科場試詩以四句成的記錄，不過四句顯然並非常式，而且這則記錄具有筆記小說的性質，未可全信。除了這些特殊的例外，唐代科舉試詩篇幅絕大多數是規定以六韻十二句成詩的。

爲什麼科舉試詩不同流行的八句而用十二句爲多呢？在不能得到進一步的證明之前，我們僅能提出一些猜測。從這些十二句應考詩歌的內容寫作來看，其實就是八句律詩的放大，亦即，將八句中間兩聯的規定對偶的聯對擴增爲四聯，其餘形式都不變。這樣做比起八句的短詩來有幾個好處，即更能表現應試舉子的文藻，同時對聲調、用韻的掌握也更能測試出來。或許這是唐代試詩喜用六韻十二句的原

〔註13〕見孟二冬，《登科記考補正》，14/600。

因。畢竟在唐代「律詩」並不以八句爲限，無論是四句、八句、十二句、十六句，但凡遵守律詩的形式規定者便是律詩。而這些句數的律詩常是四句的倍數，亦即完整「換頭」的結果。

結　論

　　總結全文，我們可以發現南齊是聲律理論的創發、先備時代，先是周顒發現漢語聲調四聲之別，沈約、謝朓、王融等人進而在齊永明時大力推廣詩文調配聲調的觀念，開啓了永明聲律運動。沈約《宋書・謝靈運傳論》中提出較爲簡要的聲調對比概念是較早的聲律理論。爲了推廣新說，沈約還撰寫過〈四聲譜〉一卷來說明四聲的性質與用途，在當時引起許多辯論與迴響。而當時調配聲調實際的操作法則則「聲病論」爲主要形式呈現，在齊、梁時代所提出忌避「聲病」法則很可能包含傳統上所認知的「八病」中的大部分。詩歌中最基本的調聲方法與邏輯都在此時奠定基礎，這個階段也是詩人多樣化實驗聲律法則的時期。

　　梁、陳、隋三代繼承前代的調聲理論，但也發展出新的、更務實的實作法則。不同於早期「聲病論」，梁人劉滔提到的關於「平聲」與「非平聲」二聲類分化的觀念，以及調五言中第二、四字的作法，這些觀念幫助我們理解後代「律詩」如何漸漸走上「調平、仄」二聲的「律化」之路。「律化」的三項指標是「單句律化」、「聯內兩句成對」與「聯與聯間成黏」。從梁代開始直到隋代，五言詩一句之中調「第二、四字」平、仄相對的「單句律化」情況日益蓬勃，到隋代以後，大約九成以上的詩句均採用這個單句調聲原則。同樣的，聯內兩句成「對」的趨勢在此時期也呈現類似持續性的成長，只不過統計數

據上沒有「單句律化」的比率來得那麼高。至於「聯間成黏」到初唐前期都還未確立，這個觀念要到初唐後期才確立。大體上說來，梁、陳、隋三代詩歌調聲的「律化」（單句、聯內）的趨勢是明顯且全面的，而傳統調四聲的「病犯論」並未因「律化」而被全部放棄，在「律化」的大潮流下，部分病犯仍被詩人在各自不同的程度上採用。

「隋代」劉善經的《四聲指歸》是入唐前夕調聲理論最重要的參考，他總結前人的理論與經驗成果，是入唐以前集大成的理論家。而創作的表現上，統計顯示隋詩的「律化」程度也超過梁、陳二代，而接近初唐前期。同時，當時「調聲」是不限詩歌內容與體式的，亦即，「調聲」幾乎可以說是寫作一切詩歌必須的形式技巧。這可以幫助我們看清「聲律」強勢發展的情況，同時暗示我們，詩歌「古」、「近」體之別很可能是晚至「律詩」形式完成之後。

「初唐前期」是律詩的醞釀期，統計顯示律詩基本的格律形式（句式、聯對等）已經確立，但是由於詩人創作上偏好「平起律聯」，這種慣性使得通篇聲律形式有一定配置規律的「律詩」尚未能形成。此時期以上官儀為代表的上官詩風為詩壇主流，詩歌理論「屬對論」為主要關懷，雖在較次要的調聲問題（如「齟齬病」、「翻語病」等）上稍有成績，但整體說來聲律理論進展有限。

「初唐後期」則是「律詩」的形成期，也是律詩的成熟期。元兢是本時期作重要的聲律理論家，他不但將傳統的聲病論根據更務實與方便的原則提出新的修正，也在他的詩學著作《詩髓腦》反映出當時創新且重要的調聲理論，其中以「換頭術」影響詩歌律化方向最巨。「換頭術」規範詩歌必須以「平起律聯」與「仄起律聯」遞換使用，這就完全扭轉了初唐前期詩人「好用平起律聯」的習慣，使得「仄起律聯」使用率逐漸接近「平起律聯」。詩歌「換頭」的結果，會造成整首詩的聲調形式成為「平起律聯」與「仄起律聯」規律性的遞換以致終篇，這個觀念略同於近代所認知的律詩聯間成「黏」的規範。「換頭」在「律化」的過程中重要的意義在於，在「單句」與「聯對」形

式確立之後，調聲律法進而朝「整首詩」的聲調配置發展，因而確立了「律詩」更嚴格的聲律形式。文學史上一般也以「黏律」的確立作為「律詩」形成的判準，也就是說，「換頭術」流行之後，「律詩」便宣告定型。

　　關於律詩「定型」於何人之手這個問題，在初唐後期「律詩」發展的過程中，除了理論家元兢以外，文學宰相李嶠的表現最為突出，他的「一百二十首詠物」幾乎全是嚴謹的律詩，這組詩並有創作范式的作用，說明他對創作及推廣「律詩」的態度十分積極。傳統雖有沈、宋奠定律詩形式之說，不過「律詩」定型很可能是在一群宮廷文人的影響下完成的。而根據統計，在寫作上，嚴格的「換頭律詩」在初唐後期已經超過所有作品的半數，「律詩」不但在初唐後期定型，也自此成為一種主流的詩歌形式。

　　大抵近體詩「律化」的道路經過三個階段，第一階段是南齊開始的理論創發期，此時漢語四聲之別被發現，進而被用以調節文筆聲調；其調聲原則是「避免相犯」，方法則是「調四聲」為主的「病犯論」。第二期約在入梁以後，調二聲的「單句律化」已經發生，同時從梁到隋「單句律化」與「聯內成對」的觀念已然形成。「律化」的三項指標已完成兩項。而經過初唐前期的過渡，第三期是「換頭律詩」（黏式律詩）興起的時代，「律化」完成最後一個步驟，「調聲」的觀念從「單句」、「聯」擴展到整首詩歌，令詩歌的形式發展出全新的風貌，「律詩」聲律形式已然建構起一套嚴謹的法則。

附表 《登科記考》載唐代科考雜文試詩一覽表

時　間	考試科別	試　詩　題	存詩句數			
			八句	十二句	十六句	其他句數
高宗鳳儀四年（西元679年）	制舉	〈朝野多歡愉詩〉（「陳補」引《彙編》）				
玄宗先天二年（西元713年）	進士	〈長安早春詩〉（「陳補」引《英華》）			闕名一人張子容	
開元二年（西元714年）	制舉	〈除夜〉（《補正》引《詩話總龜》、《輿地記勝》等。下兩首同。）				
		〈上元觀燈〉				
		〈竹火籠〉				
開元十三年（西元725年）	進士	〈終南山望餘雪詩〉（或作〈雪霽望終南〉）				四句：祖詠
		〈七月流火詩〉（「陳補」引《紀事》）				
開元十九年（西元731年）	進士	〈洛出書詩〉（陳補引《英華》）		蕭（）郭邕張欽敬叔孫玄觀		

開元二十二年（西元734年）	進士	〈武庫詩〉（《補正》）				
開元二十六年（西元738年）	進士	〈明堂火珠詩〉（《補正》引封氏見聞記）	崔述	南巨川		
開元二十七年（西元739年）	進士	〈美玉詩〉（「陳補」引《浯田程氏宗譜》）				
天寶四載（西元745年）	博學宏詞	〈玄元皇帝賀聖祚無疆詩〉（「陳補」）			殷寅李岑趙驊	
天寶十載（西元751年）	進士	〈湘靈鼓瑟詩〉		錢起魏璀陳季莊若訥王邕		
天寶十五載（西元756年）肅宗至德元年	進士	〈東郊迎春詩〉（《英華》）		皇甫冉		
上元二年（西元761年）	進士	〈迎春東郊詩〉（《英華》）		王紳	張濯	
寶應二年（西元763年）代宗廣德元年	進士	疑〈省試驪珠詩〉（《補正》）（無他證）		耿緯		
大曆二年（西元767年）	進士	〈長至日上公獻壽詩〉《補正》引「陳補」		張叔良李竦崔琮		
大曆六年（西元771年）	進士	〈寒夜聞霜鍾詩〉（《補正》引「陳補」		鄭絪盧景亮		
大曆八年（西元773年）	進士	〈禁中春松詩〉		陸贄周存員南溟常沂		

	州府試詩	〈白雲向空補〉（《補正》引《英華》）		周存		
大歷九年（西元 774 年）	上都進士	〈元日望含元殿御扇開合詩〉		張莒		
	東都進士	〈清明日賜百僚新火詩〉（《補正》引《英》）		鄭轅 韓濬 王濯 史延		
大歷十年（西元 775 年）	進士（東都）	〈龜負圖詩〉		丁澤		
大歷十二年（西元 777 年）	進士	〈小苑春望宮池柳色〉（《補正》引《英華》、《紀事》）		黎逢 楊系 張昔 丁位 元友直 楊凌 崔績 裴達 張季略 沈迥		
大歷十四年（西元 779 年）	進士	〈花發上林苑詩〉		王儲 周渭 寶常 王表 獨孤綬		
	博學宏詞	〈沈珠於泉詩〉		獨孫綬 獨孤良器		
德宗貞元四年（西元 788 年）	進士	〈南至日隔霜仗望含元殿爐香〉（《補正》）		崔立之 裴次元 王良士		
貞元五年（西元 789 年）	進士	〈曲江亭望慈恩寺杏園花發詩〉		李君何 周宏亮 曹著 陳（　）		

貞元六年（西元790年）	進士	〈石季倫金谷園詩〉		許堯佐 李君房		
	博學宏詞	〈觀慶雲圖詩〉（《記考》引《柳宗元集》，孟考疑宏詞科試題）				
貞元七年（西元791年）		〈清雲干呂詩〉（《補正》引《英華》）		林藻 令狐楚 王履貞 彭伉		
貞元八年（西元792年）	進士	〈御溝新柳詩〉（《補正》引洪興祖《韓子年譜》）		賈稜 陳羽 歐陽詹 李觀 馮宿 劉遵古		
	博學宏詞	〈中和節詔賜公卿尺詩〉（《記考》引《玉海》）		陸復禮 李觀 裴度		
貞元九年（西元793年）	進士	〈風光草際浮詩〉（《記考》引《永樂大典》載《瑞陽志》引《登科記》）		劉禹錫 張復元 裴杞 陳璀 吳秘 陳祐		
	博學宏詞	〈恩賜耆老布帛詩〉（《補正》引「陳補」）		李絳 張復元		
貞元十年（西元794年）	進士	〈春風扇微扣詩〉（《補正》引「陳補」）		陳九流 張彙 范傳正 陳通方 柳道倫 郭遵 竇盧榮 邵偃		
	博學宏詞	〈冬日可愛詩〉（《記考》引《韓子年譜》）		陳諷 庾承宣		

貞元十一年（西元795年）	進士	〈立春日曉望三素雲詩〉		李季何 李應 陳師穆		
貞元十二年（西元796年）	進士	〈春臺晴望詩〉（《記考》引《柳宗元集》）		李程 鄭賈 喬弁		
	博學宏詞	〈竹箭有筠詩〉（《記考》引《英華》）		李程 席夔 張仲方		
貞元十三年（西元797年）	進士	〈龍池春草詩〉（《記考》引《英華》）		陳詡 宋迪 萬俟造		
貞元十四年（西元798年）	進士	〈青出詩〉（《記考》引《呂衡州集》、《英華》注云:「題中用韻限四十字」）	呂溫 王季友			
貞元十五年（西元799年）	進士	〈行不由徑詩〉（《記考》引《英華》）		封孟紳 張籍 王炎 俞簡		
	博學宏詞	〈終南精舍月中聞磬詩〉（《記考》引《呂衡州集》:「題中用韻六十字成」）		獨孤申叔 呂溫		
貞元十六年（西元800年）	進士	〈玉水記芳流詩〉（《記考》引《唐摭言》）		吳丹 鄭俞 白居易 王鑑 杜元穎 陳昌言		
貞元十七年（西元801年）	進士	〈閏月定四時詩〉（《補正》引「陳補」）		羅讓 徐至 杜周士 樂申		
貞元十八年（西元802年）	進士	〈風動萬年枝〉（《記考》引《英華》）		韋紓 樊陽源 許稷		

貞元十九年（西元803年）	進士	〈太常觀閱驃國新樂詩〉（《補正》引《英華》等）		胡直鈞		
	博學宏詞	〈貢舉人謁先師聞雅樂詩〉（《記考》引《英華》）		呂（　）王起		
貞元二十一年（西元805年）	進士	〈沽美玉詩〉（《記考》引《權文公集》）		羅立言		
憲宗元和元年（西元806年）	進士	〈山出雲詩〉（《記考》引《英華》）		陸暢張復李紳張勝之		
元和二年（西元807年）	進士	〈貢院樓北新栽小松詩〉（《記考》引《英華》）		李正封白行簡錢眾仲吳武陵		
元和四年（西元809年）	進士	〈薦冰詩〉（《記考》引《英華》）		鮑溶趙蕃盧鈞范傳質陳至		
元和五年（西元810年）	進士	〈恩賜魏文貞公諸孫舊第以導直臣詩〉（《記考》引《會要》）		陳彥伯裴大章		
元和六年（西元811年）	進士	〈金谷園花發懷古〉（《補正》引「陳補」）		王質張公乂闕名侯冽		
元和八年（西元813年）	進士	〈履春冰詩〉（《記考》引《英華》）		舒元輿張蕭遠		
元和十年（西元815年）	進士	〈春色滿皇州詩〉（《記考》引《英華》）		沈亞之藤邁裴夷直封敖張嗣初		

元和十三年（西元818年）	進士	〈玉聲如樂詩〉（《記考》引《英華》）		劉軻 潘存實		
元和十四年（西元819年）	進士	〈騏驥長鳴詩〉騏驥長鳴詩		張孝標 陳去疾		
元和十五年（西元820年）	進士	〈早春殘雪詩〉（《記考》引《紀事》）		裴虔餘 施肩吾 姚康		
穆宗長慶元年（西元821年）	進士	〈鳥散餘花落詩〉（《記考》引《舊書》）		孔溫業 趙存約 竇洵直		
長慶二年（西元822年）	進士	〈琢玉詩〉（《記考》引《英華》）		丁居晦 浩盧舟		
長慶四年（西元824年）	進士	〈震為蒼筤竹詩〉（《補正》引「陳補」）				
敬宗寶曆二年（西元826年）	進士	〈晦日與同志昆明池泛舟詩〉（《補正》）		朱慶餘 闕名		
文宗大和元年（西元827年）	進士	〈求友詩〉（《補正》引日本藏《永州府志》）				
大和二年（西元828年）	進士	〈緱山月夜聞王子晉吹笙詩〉（《記考》引《因話錄》）		厲玄 鍾輅		
開成二年（西元837年）	進士	〈霓裳羽衣曲詩〉（《記考》）		李肱		
開成三年（西元838年）	進士	〈太學創制石經詩〉（《記考》引《英華》等）		馮涯		
武宗會昌三年（西元843年）	進士	〈鳳不鳴條詩〉（《記考》引《英華》）		盧肇 黃頗 姚鵠 尤牟 王甚夷 金厚載		

宣宗大中八年（西元854年）	進士	〈省試振振鷺詩〉（《記考》）		李頻		
大中十二年（西元858年）	博學宏詞	〈靈湘鼓瑟詩〉（《記考》）				
懿宗咸通三年（西元862年）	進士	〈天驥呈材詩〉（《記考》）		王棨徐仁嗣盧征鄭蕡		
咸通四年（西元863年）	進士	〈澄心如水詩〉（《記考》）				
咸通七年（西元866年）	進士	〈新蒲含紫茸詩〉（《補正》引「陳補」）				
咸通八年（西元867年）	進士	〈詔放雲南子弟還國詩〉（《補正》）		鄭洪業		
咸通十三年（西元872年）	博學宏詞	〈春風扇微和詩〉（《補正》）				
禧宗乾符二年（西元875年）	進士	〈一一吹笙詩〉（《補正》				
乾符三年（西元876年）	進士	〈漲曲江池詩〉（《補正》）				
中和五年（西元885年）	進士	〈殘月如新月詩〉（《記考》引《永樂大典》）				
昭宗乾寧元年（西元894年）	進士	〈省試東風解凍詩〉（《補正》）		徐黃		
乾寧二年（西元895年）	制舉	〈詢于芻蕘詩〉（《記考》：「品物咸熙七言八韻成」）				
	進士	〈內出白鹿宣示百官詩〉《記考》引《黃御使集》）		黃滔		

	不詳	〈宮池產瑞蓮詩〉（《記考》引《英華》）	王貞白			
乾寧五年（西元898年）	進士	〈春草碧色詩〉（《記考》引《英華》）		殷文圭 王轂		
光化四年（西元901年）	進士	〈武德殿退朝望九衢春色詩〉（《記考》引《永樂大典》）		曹松		

引用書目

說明：

（一）本書目中文著作依書名或作者姓名之漢語拼音順序排列；西文著作依作者姓氏之字母順序排入；日文著作則依作者姓氏之漢語發音順序排入。

（二）中文著作中，清代（含）以前著作因一向多以書名為人所熟知，均以書名為排列依據。民國以來著作，則主要以作者姓名為排列依據。

1. 蔡瑜，《唐詩學探索》，台北：里仁，西元 1998 年。
2.《滄浪詩話》，〔宋〕嚴羽撰，板橋：藝文印書館，西元 1966 年。
3. 曹道衡，《中古文學史論集》，台北：紅葉，西元 1996 年。
4.《冊府元龜》，王欽若、楊億等，台灣：商務印書局，西元 1983 年。
5. 陳國燦，《全唐文職官叢考》，武漢：武漢大學，西元 1997 年。
6. 陳尚君，〈《登科記考》正補〉，收入《唐代文學研究》第 4 輯，廣州：廣州師範大學，西元 1993 年。
7. 陳尚君，《唐代文學叢考》，北京：中國社科，西元 1997 年。
8. 陳鐵民，〈論律詩定型於初唐諸學士〉，收入《文學遺產》，西元 2000 年。
9. 陳新雄，《六十年之聲韻學》，台北：文史哲出版社，西元 1973 年。

10. 陳貽焮主編,《增訂註釋全唐詩》,上海:文化藝術出版社,西元 201
    年。

11. 陳寅恪,〈從史實論切韻〉,收入《陳寅恪先生論文集》。台北:九
    思出版社,西元 1997 年。

12. 陳寅恪,〈東晉南朝之吳語〉,收入《中央研究院歷史語言研究所集
    刊》,西元 1936 年。

13. 陳寅恪,〈四聲三問〉,收入劉夢溪主編,《中國現代學術經典陳寅
    恪卷》。河北:河北教育出版社,西元 2002 年。

14. 〔英〕崔瑞德,《劍橋中國隋唐史》,北京:中國社科,西元 1990 年。

15. 《登科記考》,清徐松著,趙守儼點校。北京:中華書局,西元 1984
    年。

16. 《登科記考補正》,徐松著,孟二冬補正。北京:燕山出版社,西元
    2003 年。

17. *Chinese Phonology of Wei-Chin Period : Reconstruction of the finals
    asreflectedinPoetry* Taipei : Institute of History and Philology, special
    publications, 1975.丁邦新

18. 丁聲樹,《古今字音對照手冊》,香港:太平書局,西元 1966 年。

19. 杜曉勤,《齊梁詩歌向盛唐詩歌的嬗變》,台北:商鼎文化出版社,
    西元 1996 年。

20. 董同龢,《漢語音韻學》,台北:文史哲,西元 1977 年。

21. 房日晰,《唐詩比較論》,西安:三秦,西元 1998 年。

22. 傅璇琮,《唐代詩人叢考》,中華書局,西元 1980 年。

23. 傅璇琮,《唐代科舉與文學》,台北:文史哲出版,西元 1994 年。

24. 馮承基,〈論永明聲律——四聲〉,收入《大陸雜誌語文叢書》。台
    北:大陸雜誌社,西元 1975 年。

25. 〔日〕高木正一著,鄭清茂譯,〈六朝律詩之形成(下)〉,《大陸雜
    誌語文叢書》。(台北:大陸雜誌社,西元 1975 年)。

26. 葛曉音,〈創作范式的提倡和初唐詩的普及〉,《文學遺產》,no.6,
    西元 1995 年。

27. 郭紹虞,《中國古典文學理論批評史》上冊,北京:人民文學出版
    社,1959 年。

28. 葛曉音,《山水田園詩派研究》,瀋陽:遼寧出版社,西元 1993 年。

29. 郭紹虞,《照隅堂古典文學論集》,台北:丹青圖書公司,西元 1985
    年。

30. 郭紹虞,《中國文學批評史》,天津:百花文藝,西元 1999 年。

31.《鞏溪詩話》,〔宋〕黃徹,北京:人民,西元 1986 年。

32.《漢語大辭典》,上海:漢語大辭典出版社,西元 1997 年。

33. 何大安,《聲韻學中的觀念和方法》,台北:大安出版社,西元 1987 年。

34.《後漢書》,〔宋〕范曄,北京:中華,西元 1965 年。

35.《舊唐書》,劉昫等,北京:中華書局,西元 1965 年。

36. 廣健行,〈初唐五言律體律調完成過程之考察〉,《唐代文學研究》第 3 輯,廣西:師範大學出版社,西元 1992 年。

37. 李珍華,《漢字古今音表》,北京:商務出版社,西元 1991 年。

38.《歷代詩話》,何文煥編,台北:藝文,西元 1983 年。

39.《歷代詩話續編》,丁福保輯,台北:中華,西元 1983 年。

40.《梁書》,〔唐〕姚思廉撰,北京:中華書局,西元 1973 年

41. 林哲庸,《永明聲律說研究》,清華大學中文系碩士論文,西元 1998 年。

42. 劉大白,《舊詩新話》,台北:莊嚴出版社,西元 1977 年。

43. 劉大杰,《中國文學發展史》,華正書局,西元 1994 年。

44. 劉夢溪主編,《中國現代學術經典》,河北:河北教育出版社,西元 2002 年。

45. 龍宇純,《唐寫全本王仁昫刊謬補缺切韻校箋》,香港:中文大學,西元 1968 年。

46. 逯欽立輯校,《先秦漢魏晉南北朝詩》,台北:木鐸出版社,西元 1983 年。

47. 呂正惠,〈初唐詩重探〉,《清華學報》,西元 1988 年,18:2。

48. 羅根澤,〈《文筆式》甄徵〉,《中山大學文史學研究所月刊》,西元 1935 年。

49. 羅根澤,《中國文學批評史》,上海:古籍出版社,西元 1984 年。

50. 羅聯添,《隋唐五代文學批評資料彙編》,台北:成文出版社,西元 1978 年。

51. 羅宗強,《隋唐五代文學思想史》,上海古籍,西元 1986 年。

52.《盧照鄰集箋注》,〔唐〕盧照鄰著,祝尚書箋注,上海:古籍出版社,西元 1994 年。

53.《南齊書》,〔梁〕蕭子顯撰,北京:中華書局,西元 1972 年。

54.《南史》，〔唐〕李延壽撰，北京：中華書局，西元 1974 年。

55. 聶永華，《初唐宮廷詩風流變考論》，北京：中國社會科學出版社，西元 2002 年。

56. Owen, Stephen *The Great Age of Chinese Poetry, The High T'ang.* New Haven: Yale Univ. Press, 1981.

57. Pulleyblank, Edwin G. *Lexicon of reconstructed pronunciation in early Middle Chinese, late Middle Chinese, and early Mandarin*, Vancouver: University of British Columbia Press, 1991.

58. 濮之珍，《中國語言學史》，上海：古籍出版社，西元 1987 年。

59. 啓功，《詩文聲律論稿》，香港：中華書局，西元 1987 年。

60.《切韻》，李舟撰，板橋市：藝文印書館，西元 1971 年。

61.《日本國見在書目錄》，〔日〕藤原佐世撰，板橋：藝文印書館，西元 1966 年。

62.《尚書古文疏證》。〔清〕嚴若璩，上海：上海古籍出版社，西元 1987 年。

63. 邵榮芬，〈《晉書音義》反切的與音系統〉，《語言研究》，創刊號。

64. 邵榮芬，《切韻研究》，北京：中國社會科學出版社，西元 1982 年。

65.《升庵詩話》，〔明〕楊愼，上海：上海古籍出版社，西元 1987 年。

66. 施逢雨，〈單句律化：永明聲律運動走向律化的一個關鍵過程〉，《清華學報》，西元 1999 年，29：3。

67. 施逢雨，《李白詩的藝術成就》，台北：大安出版社，西元 1992 年。

68.《詩品注》，鍾嶸著，陳延傑注，台北：開明，西元 1978 年。

69.《詩式》，釋皎然著，台北：新文豐，西元 1984 年。

70.《詩藪》，〔明〕胡應麟，台北：廣文，西元 1973 年。

71.《詩體明辨》，〔明〕徐師曾輯，台北：廣文，西元 1982 年。

72.《詩韻新編》，上海：古籍，西元 1989 年。

73.《宋書》，梁・沈約著，北京：中華書局，西元 1965 年。

74.《隋書》，唐・魏微等著，北京：中華書局，西元 1964 年。

75. 台靜農，《百種詩話類編》，台北：藝文出版社，西元 1974 年。

76. 譚其驤，《中國歷史地圖集　隋、唐、五代十國時期》，北京：中國地圖出版社，西元 1982 年。

77.《唐才子傳校正》，辛文房，江蘇：古籍出版社，西元 1987 年。

78.《唐國史補等八種》，（台北：世界，西元 1962 年）。

79. 《唐皇甫冉詩集》，〔唐〕皇甫冉撰，台北：商務印書館，西元 1966年。

80. 《唐會要》，王溥等，京都：中文出版社，西元 1978年。

81. 《唐詩別裁裁集》，沈德潛。湖南：岳麓書社，西元 1998年。

82. 《唐詩紀事》，計有功，台北：鼎文，西元 1971年。

83. 《唐詩品彙》，高棅，上海：古籍出版社，西元 1982年。

84. 《唐語林》，王讜著，錢熙祚校，北京：中華，西元 1987年。

85. 《唐摭言》，王保定著，蔣光照校，台北：世界，西元 1961年。

86. 萬國鼎編，《中國歷史記年表》，香港：商務印書館，西元 1958年。

87. 王國維，《觀堂集林》，收入《國民叢書》第四編，第九十二冊。上海：上海書店，西元 1992年。

88. 王力，《漢語詩律學》，上海：新知識，西元 1958年。

89. 王力，《詩詞格律》，北京：中華，西元 1977年。

90. 王利器校注，〔日〕弘法大師著，《文鏡秘府論校注》，北京：中國社會科學出版社，西元 1983年。

91. 王啟興、唐典偉，〈貞觀詩壇的再評價〉，收入《江漢論壇》，西元 1988年。

92. 王顯，〈切韻的命名和切韻的性質〉，《中國語文》no. 4，西元 1996年。

93. 王運熙，顧易生，《中國文學批評史》，上海：古籍，西元 1981年。

94. 王志華，〈五言詩奠基者舊說應予推翻──重評王績在詩歌史上的地位〉，《晉陽學刊》，no.3，西元 1990年。

95. 《文心雕龍注釋》，劉勰著，周振甫注，台北：里人，西元 1984年。

96. 《文選》，蕭統編，李善注，北京：中華書局，西元 1977年。

97. 聞一多著，朱自清等編，《聞一多全集》，台北：里仁出版社，西元 2000年。

98. 《西京雜記》，劉歆撰，板橋：藝文印書館，西元 1970年。

99. 向麗頻，《南北朝至初唐五言律詩格律形成之研究》，國立中山大學中國文學研究所碩士論文，西元 1995年。

100. 《新唐書》，歐陽修、宋祁等，北京：中華書局，西元 1965年。

101. 《續歷代詩話》，丁仲祜編，台北：藝文，西元 1983年。

102. 嚴可均校輯，《全上古三代秦漢三國六朝文》，台北：宏業出版社，西元 1975年。

103. 楊祖聿校注，鍾嶸著，《詩品校注》，台北：文史哲，西元 1981 年。

104. 葉嘉瑩，《中國古典詩歌評論集》，台北：源流，西元 1983 年。

105. 葉慶炳，《中國文學史》，台北：學生，西元 1982 年。

106. 余嘉錫，《古書通例》，台北：台灣古籍出版社，西元 2003 年。

107. 余迺永校注，《新校互注宋本廣韻》，上海：上海辭書出版社，西元 2000 年。

108. 《玉海》，〔明〕王應麟，上海：上海古籍出版社，西元 1992 年。

109. 《元氏長慶集》，〔唐〕元稹撰，台北：中華書局，西元 1965 年。

110. 袁行霈主編，《中國文學史綱要》，台北：曉園出版社，西元 1991 年。

111. 張葆全，《中國古代詩話詞話辭典》，桂林：廣西師範大學，西元 1997 年。

112. 張懷瑾注譯，《文賦譯注》，北京：北京出版社，西元 1985 年。

113. 張世祿，《廣韻研究》，台北：商務出版社，西元 1973 年。

114. 章太炎，《國故論衡》，江蘇：廣陵古籍，西元 1995 年。

115. 張伯偉，《全唐五代詩格校考》，陝西：人民出版社，西元 1996 年。

116. 張懷瑾譯注，《文賦譯注》，北京：北京出版社，西元 1984 年。

117. 張錫厚，〈關於《王績集》的流傳與五卷本的發現〉，《中國古典文學叢論》，北京：人民文學出版社，西元 1984 年。

118. 周法高，《漢字古今音彙》，香港：中文大學出版社，西元 1979 年。

119. 周法高，《中國語言文學論集》，台北：聯經，西元 1975。

120. 周紹良主編，《唐代墓誌彙編》，上海：古籍出版社，西元 1992 年。

121. 周祖謨，〈切韻的性質和它的音系基礎〉，收入《問學集》。北京：中華書局，西元 1966 年。

122. 朱曉海，〈「綺錯」、「綺靡」解〉，《清華學報》，西元 1995 年，25：1。

123. 祝尚書箋注，《盧照鄰集箋注》，上海：上海古籍出版社，西元 1994 年。